AF399302

Subtile Spannung pur!

Der Krimi ist im Film- und Fernsehmilieu angesiedelt, Handlungsorte sind das Bavaria Filmgelände, der Starnberger See und die Alpen. Hauptakteure sind Eva Kupper, Anfang 30 und das Continuity-Girl, und Karl Schmidt, Anfang 50, Vater von vier Töchtern und Drehbuchautor.

Eine ‚Faschingsnummer' auf dem Filmgelände ist es, die Eva aus ihrer so erfolgreichen Lebensspur wirft. Sie hat sich mit einem als Frau verkleideten Manne eingelassen, dessen Identität sie nicht kennt. Erst nach Monaten machen sich bei ihr die Folgen bemerkbar, sie bricht zusammen und ahnt nur dunkel, wo die Ursachen dafür liegen könnten. Sie bittet Karl Schmidt, auf dem Filmgelände Nachforschungen über die Identität des maskierten Mannes anzustellen. Kaum hat er damit angefangen, wird eine junge Frau, die an der gleichen Produktion wie Eva und Karl arbeitet, ermordet. Niemand vermutet einen Zusammenhang, aber Karl Schmidt befallen böse Vorahnungen. Zu Recht, wie sich dann herausstellen soll.

Die Story ist eine hochbrisante Mischung aus Erotik und Spannung, Sex, Soap und Verbrechen, Shakespeare und Tatort, Hitchcock und Pocahontas, die indianische Häuptlingstochter, die Captain Smith, den weißen Mann, aus Liebe vor dem sicheren Tode rettete.

Klaus-Dieter Regenbrecht: Geboren am 29. April 1950 in Bassum bei Bremen als Kind zweier Kriegsflüchtlinge (Mutter aus Ostpreußen, Vater aus Westpreußen), wuchs in Koblenz am Rhein auf. Er studierte die Fächer Geographie, Pädagogik, Anglistik/Amerikanistik und Sportwissenschaften an den Universitäten Tübingen und Bonn. Seit 1985 ist er freier Schriftsteller und seit Anfang der neunziger Jahre des vergangenen Jahrhunderts auch Dozent für Kreatives Schreiben, sowie Englisch für die Bereiche Internet und Business (Fachhochschule und Berufsausbildung). Sein literarisches Hauptwerk ist „Tabu Litu – ein documentum fragmentum in neun Büchern", das in den Jahren 1985 bis 1999 erschien.

Klaus-Dieter Regenbrecht

CONTINUITY
Hitchcocks, Pocahontas

Tabu Litu Verlag
Besuchen Sie uns im Internet:
http://kloy.de
http://tabulitu.com

Die Deutsche Bibliothek – CIP-Einheitsaufnahme
Regenbrecht, Klaus-Dieter
Continuity – Hitchcocks, Pocahontas
Koblenz: Tabu Litu Verlag Regenbrecht
ISBN: 3-925805-29-X
1. Aufl. 2003

Impressum:
© 2003 Copyright by Klaus-Dieter Regenbrecht, Koblenz
ISBN: 3-925805-29-X
Satz und Layout: *kloy*
Umschlaggestaltung unter Verwendung eines Details aus dem Gemälde „Die Schläferinnen (Trägheit und Wolllust)", Gustave Courbet 1866.

Herstellung: Books on Demand GmbH

1. Aufl. 2003: 1 - 1000
ISBN: 3-925805-29-X

Für E. und H.

Die Continuities protokollieren am Drehort alle Einzelheiten und prüfen, ob alle Details für eine kontinuierlich wirkende Film-Erzählung beachtet werden. Dazu gehören: Kostüme, Frisuren, Requisiten, Lichtstimmungen, die Richtung von Bewegungen, die Blickrichtungen der Darsteller und Kamerapositionen (z.B. die Zentrallinie). Die Continuities müssen sich mit den jeweils verantwortlichen Garderobieren, Kostümbildnern, Maskenbildnern, Requisiteuren abstimmen. Bei den kameratechnischen Fragen ist der Kameramann, bzw. der Regisseur der Ansprechpartner. Bei Proben und bei den Filmaufnahmen überwacht das Continuity, ob der Text korrekt wiedergegeben wird.

http://www.aim-mia.de - Information zu Continuity, „aim - Ausbildung in Medienberufen", KoordinationsCentrum Köln

NORMAN

His face is contorted. He wears a wild wig, a mockery of a woman's hair. He is dressed in a high-neck dress which is similar to that worn by the corpse of his mother. His hand is raised high, poised to strike at Lila. There is a long breadknife in it.

Aus dem Film-Script „Psycho" von Joseph Stefano, nach einem Roman von Robert Bloch, Regie: Alfred Hitchcock (1960)

»Pocahontas - «; sie drehte langsam her, und heulte mienenlos stärker: - - bis ihr mit einem Ruck das ganze Gesicht zerfiel, in Wülste, in rote Ecke, Ohrenellipsen, das Waschbrett der Stirn – dann riß es noch quer durch, mit einem rabigen Laut, daß ich die tragische Maske erschüttert an meine Wange legte, drückte, wiegte, noch immer taumelte ihre Klage schwarze Zacken um unsere Köpfe: »Liebe Pocahontas!«.

Arno Schmidt, Seelandschaft mit Pocahontas, Stuttgart 1988

1

Tarzan tanzt mit einer Tante, die zwar nicht Jane heißt, ihn aber mit einer lianenartigen Stola zu umgarnen versucht. Sherlock Holmes, mit echtem Deerstalker auf dem Kopf, schaut durch ein im linken Auge eingekniffenen Monokel zu, seine Meerschaumpfeife schmauchend. Er könnte notieren, die beiden Tänzer haben einen Affen und sind von Champagner, Stark- oder Weizenbier und Enzian bereits so umnebelt, dass sie sich kaum auf den Beinen halten können, geschweige denn von Baum zu Baum schwingen. Aber seine wiegenden Kopfbewegungen und sein englisch-bayerisches Selbstgespräch „ I tell you, des sogg i da, you know you are very, very suspicious, VERDÄCHTIG, host mi, du Mörderer?" lassen vermuten, dass seine Tanzbewegungen auch nicht sehr viel eleganter aussähen.

Karl Valentin und Liesl Karlstadt kennen sich „Jo, mäi" in ihren eigenen Sketchen nicht mehr aus, „Sagen's, Herrr Wachtmeisterrr, heißt es Pimmeldödel oder Rammelknödel?"

„Hammel blödeln!"

„Eine Insel mit zwei Zwergen ..."

„Und 'nem Schweinekramverkehr ..."

„Lebst du immer noch in Kummerland?!"

Die Dekoration ist beiseite geräumte Dekoration, der man nicht ansehen kann, für welche Szenen sie wie geschaffen wäre, die schwarzverhangenen Bauteile könnten Kriegsgerät sein oder ein Friseursalon, eine Intensivstation oder ein Kindergarten, in aller Freundschaft. Das Licht scheint von oben aus einem schwarzen Firmament voller Lastenzüge, Kabelgewirr und von Computern gesteuerten Scheinwerferbatterien. Alle Scheinwerfer leuchten bunt, überall hängen Luftschlangen und Luftballons, fliegt Konfetti durch die Luft. Es ist laut, rheinische Karnevalslieder wechseln sich mit bayerischen Saufliedern ab, Ruschelkock, die größten Schmusehits der 60-er und 70-er mit Funk und Techno der Jahrtausendwende. Die postmoderne Maxime „Anything goes" erhält hier ihre wahre Bestätigung.

„Wer issen des in dem venezianischen Kostüm mit der gruseligen Maske?"

„Griener, der hatte doch vor einiger Zeit mal einen Dreh in Venedig während des Karnevals, seit dem läuft er immer damit rum. Kein Wunder bei der Fresse."

Es sind einige Gesichtsmasken dabei, vielleicht fünfzehn, die niemand der Anwesenden identifizieren könnte. Alle anderen verkleidet und geschminkt Feiernden, fast einhundert Menschen, sind einigermaßen leicht und immer leichter zu identifizieren, da mit zunehmender Dauer des Festes die Verkleidungen ihre Perfektion verlieren, Hüte und Brillen abgenommen werden, Bärte sich ablösen, Schminke verblasst und gerötete Wangen und damit die wahre Persönlichkeit lachend und singend, später auch lallend und kotzend, zum Vorschein kommt.

Man feiert Karneval auf dem Produktionsgelände der Bavaria, was sich so ergeben hat, weil gerade eine weitere Staffel einer Serie abgedreht worden ist.

„Wie geht es, Evchen?"

Die Angesprochene, Hütchen am Gummiband, rote Clownsnase, ein rotes Herzchen auf jeder Wange, Pluderhosen, großkariertes, weites Hemd, übergroße Schuhe aus denen die zwei Plastikzehen schauen, blickt auf:

„Scheiße! Hi, Smith, bisse Lederstrumpf oder Marlboro-Mähn, old bold-head.”

„Sehr lustig. Nimm es dir nicht so zu Herzen, du weißt doch, wie er ist.”

„Irgendwann ist Schluss. Das kann der nicht immer wieder mit mir machen, das geht einfach nicht, ich ertrage das nicht mehr länger, verdammt, was bildet der Sack sich eigentlich ein?”

„Morgen hast du das vergessen. In drei Tagen geht die nächste Produktion los und Griener wird die Freundlichkeit in Person sein.”

„Für wie lange? Nee, nee, ich muss in eine andere Produktion, mit einem anderen Job, ich bin die Continuity leid, leid, leid.”

„Ach, Eva. Schau dir die Kulla an, wie gut sie mit ihm zusammenarbeitet, und dann denk mal daran, was er ihr alles angetan hat.“

Als sie irgendwann mal nicht so wollte wie er, soll er sie ordentlich besoffen gemacht und zugedröhnt haben und als sie richtig hinüber war, verging er sich an ihr, verduftete und rief dann den Notarzt, ließ anonym die Befürchtung anklingen, sie könne Selbstmord begehen. Überall lagen Flaschen, ein paar Pillendosen hatte er auch ganz dekorativ um ihr Lotterbett verteilt.

Es hat sich nachher alles einigermaßen aufklären lassen, aber die Kulla musste zwei Tage in der Klapse bleiben. Dabei hätte er ohne sie nie den Ausstieg aus dem Sexfilmchen-Milieu geschafft, nie den Einstieg in seriöse Film- und Fernsehproduktionen. Er wäre, was seine Karriere anging, tot ohne sie.

Der Cowboy haucht dem Clown einen Kuss auf das Wangenherz, streicht eine Träne aus dem Augenwinkel.

„Dont't cry, my continuity girl.”

„Lass das, Karl, das ist Schminke, ich werd doch wegen dem Arsch nicht anfangen zu heulen, was glaubst du eigentlich, wer ich bin?”

„Ist ja schon gut, Eva."
„Nix is gut, Mann!"
„Ist Volker nicht da?"
Sie seufzt.
„Was ist?"
Er sieht sie an, schiebt seinen Stetson in den Nacken, streckt die Westernstiefel weit von sich, zündet eine Marlboro an.
„Sag bitte nicht, dass Schluss ist. Du bist doch ...", will er anfangen zu schwärmen und wirft einen Blick in ihr für einen Clown ungewöhnlich weit aufgeknöpftes Hemd, während sie sich in den Ausschnitt fährt und am BH herumnestelt, was Clowns üblicherweise nicht tun, aber die sind eben üblicherweise auch nicht so betrunken wie Eva, die übrigens selten und dann zumeist nur sehr wenig Alkohol trinkt.
„Karl, mach mich bloß nicht an! Weißt du eigentlich, wie bescheuert du aussiehst, altes Schütterhaupt?"
Er lächelt, sie ist irritiert, dann merkt sie, dass der Text der Musik ihn belustigt:
„You and me, we are just mamals, so why don't we do it like they do it on the Discovery Channels?"
„Du bist ja wirklich das Allerletzte, Karl!"
„Leck mich."
Er stiefelt davon und widmet sich in der dritten Reihe vorm Tresen einer tätowierten Indianerin. Nach einer halben Stunde hat er sich in die erste Reihe vorgekämpft, dabei aber die Indianerin aus den Augen verloren. Er mogelt sich an zwei Strafgefangenen in gestreiften Kleidern vorbei, die aneinander gekettet sind und dennoch auseinander streben. Führt obszöne Verhandlungen mit allerlei leichtgekleideten Damen, Bordsteinschwalben, Freudenmädchen, Liebesdienerinnen: Alex, die Produktionsassistentin, oh so tough!, Cutty, die nüchterne Cutterin, Vera, die wortkarge Requisiteurin; wir sind so frei. Jedenfalls nehmen sich alle die Freiheit, Karl abblitzen zu

lassen: ”Cowboy, vergiss die Leiter nicht, wenn du zur Stute gehst.”

„Na?”

Ohne aufzublicken meint der Clown:

„Nix na,” und zieht die Nase hoch.

Da aber kein weiteres Wort folgt, schaut der leicht verheulte Clown auf: Maske, merkwürdige Maske. Die Stimme hatte männlich geklungen, wenn auch verzerrt durch die Maske, es sitzt ihr aber eine maskierte Frau gegenüber.

„Sag das noch mal.”

„Na?”

Ein Mann in einer Frauenmaske. Blonde Kurzhaarperücke, silberne Ohrklipps, falsche Perlenkette, blaue Bluse, mit ausgestopftem BH garantiert, graues Kostüm, schwarze Strümpfe, flache Damenschuhe, keine Handtasche, dafür schwarzer Rucksack auf dem Buckel. Hä?

„Was bist denn du für einer? Kenn ich dich?”

„Klar kennst du mich.”

„Mach's nicht so spannend, deine Stimme ist nicht zu erkennen durch die Maske. Zieh dich mal aus.”

„Noch nicht. Noch nicht.”

„Noch nicht, noch nicht, mach's nicht so spannend. Wann ziehst du sie denn aus?”

„Das sag ich dir dann.”

2

Karl war heute da. Er kam mit dem Rad, mit seinem neuen Rad, das er mir ganz stolz vorgeführt hat. Wäre er im Taucheranzug einem U-Boot entstiegen, im Weltraumanzug einem Space-Shuttle, den Helm unter dem Arm, den Zuschauern fröhlich zuwinkend oder in Westernkluft einem Hengst entsteigend, sich eine Zigarette anzündend, er hätte kaum weniger aufmerksame Blicke auf sich gezogen. Während wir durch den Park liefen, spürte ich die Blicke von Parkbänken, aus offenen Fenstern und hinter Vorhängen hervor.

Verstanden habe ich nicht viel, mit welchen Finessen das Rad ausgestattet ist. Seine Radlerkleidung war nicht weniger raffiniert. Helm, verspiegelte Sportbrille, Telekom-Trikot und -Radlerhose und merkwürdige Radlerschuhe, die den Absatz vorne zu haben scheinen, so dass der ohnehin durch das Rundpolster am Hintern verursachte merkwürdige Gang kaum skurriler gewirkt hätte, wäre er tatsächlich im Taucher-, Western- oder Weltraumanzug neben mir hergewatschelt. Die Brille schob er auf die Stirnglatze, die Handschuhe zog er aus und stiefelte das Rad schiebend neben mir her zu dem Gebäudeflügel, in dem mein Zimmer ist.

Eine schöne Szene eigentlich, wir beide nebeneinander, auf dem Weg durch den Sonnen durchschienenen Park

mit seinen alten, knorrigen Kastanien und Buchen und
Platanen, den sauberen Rasenflächen und den Blumenrabatten,
in denen die Pflanzen penibel symmetrisch gepflanzt
waren und absolut synchron zu blühen schienen.
Alle heimlichen Beobachter werden sich vorgestellt haben,
was dann in meinem Zimmer nicht geschah.
Dort hat Karl sich geduscht, bevor wir einen Spaziergang
machten und in einem Biergarten einkehrten. Als er aus
der Dusche kam, strahlte er mich an, machte umständlich
mit dem Handtuch rum, damit ich ihn und seinen nackten
Body gebührend bewundern konnte. Wahrscheinlich
dachte er, ich würde vor Begeisterung durch die Zähne
pfeifen und dann in Ohnmacht fallen. Dabei hat er keine
Hüfte mehr, er ist nicht fett, er hat keinen Bauch, aber er
hat auch keine Hüfte mehr. Mit fünfzig sehen andere
Männer gewiss schlimmer aus, mag sein. Da wo früher
bei ihm Hüfte, Bauch, Brust und Oberkörper waren, geschwungene
Linien, ist jetzt ein Koffer, ein großer, behaarter
Koffer, an dem unten ein altes, verbogenes, an
den Enden geknicktes Etikett baumelt, das von früheren,
aufregenden Reisen in ferne Länder kündet. Es könnte
der heraus hängende Zipfel eines schmutzigen Kleidungsstückes
sein. Ein Koffer voller schmutziger Wäsche.
„Was machst für Sachen, Madel,“ lachte er, Bayerisch
würde er nie lernen, und wenn er noch so viele Soap-Episoden
und „Weißblaue Geschichten“ schreiben sollte,
„zehn Jahre bist ein nettes Madel, machst deine Arbeit
toll, bumst dich dezent durch die Szene und jetzt wirst
seltsam und verziehst dich in eine Klappsmühle!“
Das muss man sich mal vorstellen! Wahrscheinlich muss
man so ein mieser Drehbuchautor sein, um einen solch
gehässigen Satz ganz nett lächelnd los werden zu können.
Wahrscheinlich ist er immer noch sauer, dass ich mit ihm
nie *dezent rum gebumst* habe.
„Karl“, kam mir nur über die Lippen, „Karl.“

„Ist schon gut, Evchen, ist schon gut. Lass uns spazieren gehen."

Mein Name ist übrigens Eva, Eva Kupper, und seiner Karl Schmidt. Ich habe heute damit angefangen, hier eine Art Tagebuch aufs Band zu sprechen. Dr. Mockingo hat mir das empfohlen und da ich es mit dem Schreiben nicht so habe, dabei würde ich viel zu viel überlegen, hat sich das als Umweg angeboten. Nun mach ich es eben so, dass ich aufs Band spreche, das dann später abhöre und mit Ergänzungen oder Korrekturen aufschreibe. Zugegeben, Karl hilft mir hie und da bei den Formulierungen. Die Bänder werde ich wohl irgendwann vernichten.

Karl strahlte frisch geduscht und tat wie neu geboren. Hinter dem Duschvorhang hatte ich die Konturen seines Körpers erkennen können, Karl, wie er sich einschäumte, das Haar wusch und alles andere, ich hatte schwach sein Summen hören können trotz des lauten Duschstrahls und der gurgelnden Abflussgeräusche. Und ich sah, dass zwei der Ringe am Vorhang ausgerissen waren.

*

Es war immer das Wort, das mich fasziniert hat, und das, was dahinter steckt. Continuity, Kontinuität. Zusammen gesetzt aus dem lateinischen con/cum gleich zusammen und tenere gleich halten. Zusammenhalt. Zwar kann ich kein Latein, doch das habe ich mir genauestens erklären lassen. Da steckt so viel noch drin an Verbindung, Fluss und Konsequenz im Fortschritt. Ich übe keinen Beruf aus, keine Profession, mein Beruf ist Programm, Lebensprogramm. Was ich tue, war ich schon immer. In der Schule, vielleicht sogar bereits im Kindergarten, habe ich darauf geachtet, bei ein und demselben Lehrer innerhalb von vierzehn Tagen ein Kleidungsstück nicht mehr als einmal zu tragen. Und das war gar nicht so einfach, wenn man bedenkt, dass man die Lehrer ja verschieden häufig in der Klasse hatte, dass man Kleidungsstücke, die ich allerdings im Überfluss besaß, nicht beliebig miteinander kombinieren kann und dass sich meine Mutter mit ihrem Waschprogramm nicht nach meinen Wünschen richtete.

Genau das mache ich heute noch. Filmszenen werden bekanntlich nicht in der Reihenfolge gedreht, wie sie der Zuschauer später zu sehen bekommt. Ich achte darauf, dass die Menschen, die Schauspieler, in Szenen, die an einem Tag spielen, aber zu verschiedenen Zeiten gedreht werden, die gleiche Kleidung tragen, beziehungsweise am Abend anders aussehen als noch am Morgen, dass Wohnungen so aussehen, wie sie jeweils auszusehen haben. Ich muss sehen, dass der Drehplan unter effektivstem Einsatz der Schauspieler und aller anderen Mittel erstellt wird. Ich schaffe etwas, was es nicht gibt.

Zugegeben, Continuity ist nicht der beliebteste Job beim Film. Zu oft musste ich auch die Schauspieler dazu anhalten, sich konsequent und nicht zu launisch und nach Tagesform in ihrer Rolle zu präsentieren. Es ist eine sehr schwierige Aufgabe, den Drehplan kostensparend zu gestalten, Schauspieler so zu organisieren, dass alles bestens zusammenpasst. Ich kenne die Terminpläne aller Beteiligten und bekomme sogar mit, wer mit wem Umgang pflegt, unglaublich, welche Konstellationen ich da gelegentlich entdecke. Sollte ich mal arbeitslos werden, ich könnte mich locker mit Erpressungen am Leben erhalten.

Selbst bei einem solchen Schauspieler wie Götz George, mit dem ich nur einmal zusammen gearbeitet habe, und einer solchen Rolle wie Schimanski, wo ich aber nie dabei war, das machen die da oben in Köln, selbst bei einer solchen Figur, die, sollte man denken, in Bezug auf

Kleidung nicht viel her macht, muss man genau darauf achten, wann war die Jacke noch sauber, wann war schon ein Fleck drauf, wann kam der Riss dazu, wann der nächste. Schimis Kennzeichen, die Jacke, eine graue Version des alten, im amerikanischen Original grünen, Army Field-Jackets. Und ich verrate kein Geheimnis, dass die Jacke natürlich in den verschiedenen Zuständen von Anfang an mehrfach vorhanden war. Wahrscheinlich zwei, drei saubere und zwei, drei auch von jeder anderen. Film ist von seiner Natur her ewig, zeitlos, man könnte vielleicht auch sagen anachronistisch. Mein Job ist es, ihn auf die Erde zu holen oder ihn hier zu halten, im festen Verbund des Hier und Heute.

Was so aussah, als kümmere sich niemand um die Jacke, weil sie schmutziger und zerrissener wurde, war in Wirklichkeit gewissenhafte Arbeit, nämlich immer die richtige Jacke zum richtigen Zeitpunkt am richtigen Set zu haben. Und es gibt viele Schlaumeier, die Filme nur auf ihre Goofs hin ansehen, Brüche in der Continuity, um im Internet darauf aufmerksam zu machen.

Da Karl heute nicht mehr so häufig am Set erscheint, was bei Serien, die mehrere Drehbuchautoren haben, unweigerlich in ein noch größeres Chaos führen müsste, kann man nicht davon sprechen, dass wir ständig zusammen arbeiten. Ich machte bei einigen Filmen Continuity, zu denen er das Drehbuch geschrieben hatte oder beteiligt war. Gelegentlich habe ich sein Drehbuch tauglicher, scriptmäßiger gemacht, das heißt kostengünstiger gestaltet, damit hatte er am Anfang Schwierigkeiten, und bei einer Premierenfeier lernten wir uns dann vor ein paar Jahren kennen. Es war nicht ganz Rossini-like, ein wenig aber schon. Bei dem Schickimicki-Kram machen nur die mit, die mitmachen wollen, ansonsten ist in diesem Metier alles ziemlich normal, ziemlich nüchtern und ziemlich stressig; Nerven brauch man schon.

Damals hatte ich eine Figur wie die Ferres, heute bin ich
nur noch ein Strich in der Landschaft. Damals war ich mit
Volker zusammen, unsere Beziehung fing nach knapp
drei Jahren an zu kriseln, und Karl steckte in einer noch
schlimmeren Situation, seine Frau wollte sich scheiden
lassen. Und er ist von ganzem Herzen Kleinbürger, für
ihn wäre es wirklich eine Katastrophe geworden, aus
seinem Lebensrhythmus, seinem Haus, seiner Familie
hinaus geworfen zu werden. Niemand wird mitten in
einer Filmproduktion die Schauspieler wechseln wollen,
oder Dekoration und Handlungsschauplätze, oder einen
Liebesfilm zum Krimi umfunktionieren wollen. Ergebnis
wäre ja nicht nur eine zweite Filmhälfte, die mit der ersten Hälfte kaum zusammenhängt, sondern ein kompletter
Film, in dem es, auf Grund des Drehplanes, von vorne bis
hinten drunter und drüber geht.

Damals sind Karl und ich uns ziemlich nahe gekommen,
aber, wie gesagt, wir haben nie miteinander geschlafen.
Wir waren einfach oft zusammen; Kino natürlich, Filme
analysiert und über Continuity-Fehler gelästert und
Schwächen im Drehbuch, manchmal Sauna und
Schwimmen. Wir haben geredet, gekocht, sind spazieren
gegangen, das und jenes, vieles und nichts Besonderes.

Und unsere Videos haben wir uns in stunden- und näch-
telangen Sessions reingezogen. Wegen Yvonne bei mir
Zuhause natürlich, obwohl meine Sammlung bei weitem
nicht an die von Karl heranreicht. Mit zwei TV-Geräten
und Videorekordern macht er virtuos den DJ.

Karls Archiv gibt einiges her, Hunderte von Folgen ame-
rikanischer Sitcoms in Originalversion, Hitchcock fast
vollständig, Shakespeare-Verfilmungen, und UND vor
allem: Erotik, Sex und Porno. Stellenweise haben wir uns
köstlich amüsiert über die lausigen Softpornos der Siebziger, als der Griener und die Kulla anfingen, sich jodelnd
und liebesgrüßend Geld und später dann auch komödian-
tisch einen Namen zu machen. So viele von denen, die

damals, als ich noch Kind war, nackt oder angezogen vor
der Kamera herumalberten, haben es Gott sei Dank in seriöse Produktionen geschafft. Ich war manchmal ganz
platt, wenn ich die jungen Gesichter von Leuten sah, mit
denen ich heute zu tun habe. Mit denen ich noch vor ein
paar Wochen zu tun hatte. Er konnte mir eine Menge
erzählen, wer alles mit wem wann zusammen gewesen
war. Schon merkwürdig, die ständigen und wechselnden
Liaisons der Schauspielerinnen mit Regisseuren. Laut
Karl sind allerdings wohl auch ganz üble Sachen gelaufen, er machte da ein paar düstere Andeutungen.
Das war alles wirklich interessant und auch lehrreich mit
seinen Kommentaren. Den stillen Vorwurf, dass wir uns
außerhalb aller Spielregeln bewegten, weil wir nichts
miteinander hatten, nahm ich durchaus wahr und igno-
rierte ihn demonstrativ. Als er jedoch damit anfing, mir
Beispiele aus seiner Metzgerei-Hardcore-Abteilung vor-
zuführen, musste ich ihn zur Ordnung rufen. Und Karl
kann man zur Ordnung rufen.
Er gehört zu den Männern, die es, wenn die Gelegenheit
günstig scheint, bei jeder versuchen, er ist aber auch einer
von den wenigen Männern, die sofort und ohne zu grol-
len, vielleicht sogar erleichtert, die Segel streichen, wenn
man ihnen klar macht, dass nichts läuft. Mir machte es
schon Spaß, ihn zu provozieren, zugegeben.
So trug ich eines Abends ein hautenges weißes Kleid wie
Sharon Stone in Basic Instinct, nichts drunter, keinen
Slip, keinen BH, und schlug die Beine übereinander, dass
es ihm die Stimme verschlug, dass ihm der Atem stockte.
Es war ein Spiel, es war ein Wettbewerb, wer erkennt die
Anspielung, welcher Film, welche Szene, welche Schauspieler? Es war ein Riesenspaß. Wir waren unbeschwert
und glücklich. Ja, das waren wir. Damals.

3

Und nun saßen wir uns wieder einmal gegenüber, an einem Holztisch in einem sommerlichen Biergarten. Er trank wie immer Weizen, ich hatte ein Wasser. Er wollte abends mit dem Zug nach München zurückfahren, es gibt ja sommers Züge mit Abteilen, in denen man sein Fahrrad mitnehmen konnte. In seinem Rucksack hatte er auch ein Poloshirt, eine leichte Leinenhose, Slipper. Fast wie damals.

Ich hatte ihn damals abgeholt, seine Frau und zwei der Mädchen waren im Garten, wo er auf mich wartete. Ali saß auf seinem Schoß, sie musste da ja auch schon fünfzehn gewesen sein. Aber sie war noch wie ein kleines Mädchen, lachte und alberte mit ihrem Papa rum. In dem Moment wurde mir klar, dass Karl niemals seine Familie verlassen würde. Seine Frau vielleicht, aber nicht seine Kinder, so lange sie noch nicht alleine leben konnten. Yvonne machte gute Miene zum bösen Spiel und tat ganz erleichtert und überheblich: Schön, dass du mir diesen Scheißkerl endlich vom Halse hältst, heiter ihn ein wenig auf, nimm ihn doch ganz zu dir. Sagte sie natürlich nicht, dazu ist die viel zu vornehm, aber wenn ich ihn am Abend nicht heil abgeliefert hätte in ihrem Häuschen mit getrennter Küche und getrennten Schlafzimmern, wäre der Teufel los gewesen. Yvonne ist nämlich noch klein-

karierter als Karl. So sind die Frauen. So sind die Frauen,
die es schaffen, einen Mann an sich zu binden.

„Was hast du denn eigentlich, Eva?"

„Wenn das so einfach zu erklären wäre, Karl, ich bin
müde, ich bin einfach fertig, ich glaube, ich sterbe."

„Ach, Eva, sag doch so etwas nicht. Die Kerle hier in
deiner ..., in deinem ..."

„Klinik, Karl, Klinik. Eine Klinik für psychosomatische
Erkrankungen. Eine sehr gute Klinik für psychosomatische Erkrankungen."

„Also, die Kerle hier müssen doch eine Diagnose erstellt
haben, du bist krankgeschrieben."

„Ja, Karl. Allgemeiner Erschöpfungszustand, nervliche
Überlastung, aber die Einzelheiten zu den Auswirkungen
auf meinen Körper, auf meinen weiblichen Körper,
möchte ich dir ersparen."

„Die Auswirkungen auf deinen weiblichen Körper sieht
man sehr deutlich."

„Der weibliche Körper besteht nicht aus Titten allein,
lieber Karl, das weibliche Zubehör, dass du nicht siehst,
kann einer Frau sehr viel mehr Schmerz bereiten."

Es war ihm anzusehen, was er dachte, wahrscheinlich
hatte auch seine Frau ihm des Öfteren für ihn ähnlich
kryptische Hinweise auf die sehr problematischen Teile
des weiblichen Unterleibes gegeben. Sie hat vier Kinder
zur Welt gebracht. Aber dass ich, die ich nie schwanger
war, damit kam, musste ihm noch rätselhafter gewesen
sein. Er sagte nichts. Trank sein Glas leer, hielt umständlich, wie ein Scout auf einer Anhöhe den weiteren Weg
erspäht, nach der Bedienung Ausschau, um ein weiteres
zu bestellen, vermied, weil er merkte, dass ich ihn beobachtete, ihr in den Ausschnitt zu stieren, als sie das Glas
und seine Brotzeit auf den Tisch stellte. Weißwürste, eine
vergleichsweise magere Beute, die er mit seinem eigenen
Taschenmesser attackierte.

Er begriff es einfach nicht. Und es war ja auch nicht so leicht zu begreifen. Da saßen wir an einem wunderschönen, sonnigen Sommertag in einem herrlichen, bayerischen Biergarten am Ufer des Starnberger Sees, Boote und Segelschiffe auf dem glitzernden Wasser unter einem weißblauen Himmel. Die Boote huschten reinweiß mit aufgeblähten Segeln über den See wie Seelen längst verstorbener Bleichgesichter und Rothäute. Geheimnisvolle Stammeszeichen flatterten in der leichten Brise und bildreiche Namen zierten die Bugspitzen: „Stella Maris", „kleine Seejungfrau", „Mary Lou", und immerhin zwei männliches Wesen „Poseidon" und „Dionysos" und die wunderschöne „Seeshaupt".

Massenhaft waren Berge zu sehen, Bilderbuch- und Postkartenansichten der Bayerischen Alpen, die Menschen spazierten am Ufer entlang, waren glücklich, lachten, waren verliebt, Kinder badeten und spielten Ball. Fahrräder lehnten überall an den Jägerzäunen, Cabrios mit offenen Dächern fuhren im Schritttempo vorbei. Die Häuser waren blitzsauber, die Gärten grün und voller Blumen. Karl sah sich um, sog alles in sich ein, schloss die Augen, legte den Kopf in den Nacken und streckte die Beine von sich. Und genau wie damals drückte er nur eins aus: „Mach's doch nicht so kompliziert, Mädchen, lass uns ein wenig Spaß haben."

Aber ich wäre mit dem Klammerbeutel gepudert gewesen, wenn ich mich darauf eingelassen hätte, er in einer schweren Ehekrise kurz vor der Scheidung von der Frau, mit der er, getrennt zwar, aber weiterhin unter einem Dach zusammen lebte, ich noch mit Volker liiert, der seinerseits seit Jahren von seiner Frau getrennt war. Der aber natürlich, nachdem wir uns getrennt hatten, wieder zu seiner Frau zurückging. Vielleicht habe ich immer die falschen Sachen richtig gemacht und die richtigen falsch. Ich konnte nie zurückgehen.

„Du weißt genau, dass ich nie rumgebumst habe, Karl.
Ich habe die Typen immer geliebt. Kurze Abenteuer
waren nie meine Sache, das weißt du.”
„Ja, Eva, ich weiß es, das sollte doch nur eine spaßige
Bemerkung sein, du weißt, dass ich manchmal blöd
daherrede.”
Obwohl ich den Kopf schüttelte, wusste ich, dass ich
nicht ganz die Wahrheit gesagt hatte. Einmal war es anders gewesen, einmal hatte ich mich auf ein Abenteuer
eingelassen. Auf ein Abenteuer auf dem Flur, auf ein
Abenteuer mit einem Mann, einem maskierten Mann. Auf
ein Abenteuer mit einem Mann in einem Frauenkostüm
und einer Gesichtsmaske, die er versprochen hatte aus-
zuziehen, später.

*

„Und hat er sie ausgezogen?”
„Nein.”
Nach dem Biergarten und bevor ich Karl zum Bahnhof
begleitete, machten wir einen Gang zum Friedhof ans
Grab meines Vaters. Der Friedhof liegt auf einer Anhöhe
mit Kapelle und von dem ansteigenden Weg aus sah man
nur die Kapelle, eine hohe Mauer, einige Kastanien-
bäume, von denen schon die ersten Kastanien fielen, und
ein steinernes Kreuz, das zu dem Kriegerdenkmal gehört.
Düsenjäger hatten ein paar nette Rauchzeichen drum
herum in den Himmel gemalt.
„Ich mache so etwas sonst nicht, Karl, das weißt du
doch.”
„Ist ja schon gut, das kann jedem mal passieren.”
Und ich hörte den Neid in seiner Stimme.

„Irgendetwas stimmt da nicht, ich weiß nicht, was, aber irgendetwas beunruhigt mich, und wenn ich es genau bedenke, begannen nach diesem Fasching erst meine Probleme. Das ging alles sehr schleichend, aber das kann kein Zufall sein."

Wir traten durch das quietschende Tor, ich musste lächeln, es quietscht, seit ich den Friedhof besuche, und ich besuche ihn seit frühester Kindheit, denn auch meine Großeltern väterlicherseits liegen hier und ein paar Onkels und Tanten. Einer der wenigen überlebenden alten Tanten waren wir im Dorf unten begegnet und hatten ein kleines Schwätzchen abgehalten, wobei Zenzi Karl sehr genau musterte und sich wie immer bekreuzigte, wenn sie mir auf oder nach dem Gang zum Friedhof begegnete, während sie lautlos aber mit deutlichen Lippenbewegungen ein Wort formte. Ein zweisilbiges, ein Wort, dass mit einem „M" oder einem „P" wohl beginnen dürfte, denn die Lippen waren zunächst zusammengepresst, und öffneten sich dann weit wie zu einem „Ö".

Im Dorf ist es mittlerweile sehr ruhig geworden, es gibt nur noch ein paar Landwirte. Die Textilfabrik, in der meine Eltern gearbeitet haben, ist schon seit Jahren geschlossen.

„Stell Dir vor, Karl, ich nach vorne gebeugt mit den Händen an der Wand und er bumst mich im Flur vor den Garderoben."

„Eva, bitte!"

„Was ist?"

„Wir sind auf einem Friedhof."

„Ach, Karl, sei nicht bloß so pharisäerhaft, und außerdem, auch mein Vater hatte einen gewissen Ruf zu Lebzeiten, damals nannten man solche Männer noch ..."

„ ... Schwerenöter oder Schürzenjäger und eure Stellung nennt man a tergo ..."

„ ... aber älter als Fünfzig ist er nicht geworden. Dein Alter, Karl, pass auf dich auf."

Er stutzte einen kurzen Moment, ging aber nicht darauf ein.

„Kannst du denn überhaupt sicher sein, dass es ein Mann war, wenn er dich von hinten ..., ich meine, ...”

„Ich hab ihm vorher den Gummi angezogen, der Schwanz war echt, wenn du das meinst.”

„Eva, bitte! Das ist obszön, da stellst du Feld- und Wiesenblumen auf das Grab deines Vaters und führst solche Reden.”

„Macht dich das an?”

„Immer, reden macht mich immer an, reden und schreiben und lesen.”

„Keine Bilder?”

„Doch, klar, Bilder auch.”

Wir waren wieder aus dem quietschenden Tor hinaus getreten und schlenderten bergab.

„Was, frage ich dich, Karl, kann es sein, was mich so verwirrt an diesem Vorfall, was bei mir, so sieht es aus, das hat auch der Analytiker mittlerweile rausgefunden, eine schwerwiegende Erkrankung ausgelöst hat?”

„Die Tatsache als solche. Du hast, wie du sagst, so etwas vorher nie gemacht.”

„Glaube ich nicht, schau mal, ich war betrunken, ich war sauer, ich war unglücklich. Da passiert so etwas eben, das kann einem nicht so lange nachgehen. Das ist verzeihbar, man ist entschuldigt.”

„Und dass es eine Frau war, ein verkleideter Mann, vielleicht ist es das, was dich durcheinander bringt.”

„Das war ja nur am Anfang so. Als ich an der Wand stand, war das wie mit jedem anderen Mann. Mich irritieren die Maske, der Typ, die Klamotten, alles.”

„Wird ja wohl jemand aus dem Hause gewesen sein. Hast du niemanden in Verdacht?”

„Nein, aber könntest du dich nicht mal umhören, unter Männern, du verstehst, was ich meine. Was glaubst du, wie vielen ich schon einen Korb gegeben habe, nicht nur dir, Karl."

„Ich glaube dir und ich werde mich umhören."

„Und bitte doch am Schwarzen Brett um Fotos vom letzten Fasching."

„Eva, so langsam wird mir klar, warum du mich herbestellt hast."

„Ja, ich gebe es zu, aber um einen Freundschaftsdienst werde ich dich doch einmal bitten dürfen?"

„Ja, sicher, aber das hättest du auch gleich sagen können. Oder ..."

Wir waren am Bahnhof angekommen, das Fahrrad hatte er an beiden Laufrädern mit Schlössern gesichert, den Sattel und diverse andere Kleinteile abgenommen und in seinem Rucksack verstaut. Er öffnete die Schlösser und brachte die Teile wieder an.

„Eva, du hattest mich doch nicht in Verdacht!"

„Nein, Karl, als du aus der Dusche kamst, konnte ich erkennen, dass du es nicht gewesen warst."

Ich wusste, dass er nicht weiter fragen würde. Karl war insgesamt einfach viel kräftiger als der andere, aber das musste ich ihm ja nicht auf die Nase binden, sollte er sich ruhig ein paar Gedanken machen. Aber ich hatte mich getäuscht.

„Ein schlaffer und ein erigierter Pimmel sind zwei sehr verschiedene Dinge, und bei manchen kann der Unterschied ..."

„Deine Figur, Karl, du bist viel kräftiger. Und so viel hast du nun auch wieder nicht zugelegt im letzten halben Jahr. Nicht annähernd so viel wie ich verloren habe. Und er war jünger, der war wahrscheinlich noch keine Dreißig, er brauchte auch nicht lange."

Jetzt dachte er sicher, arme Eva, da hat sie ja noch nicht einmal etwas davon gehabt.

„Zeig mir mal deine Hände. Denn wenn ich es recht bedenke, sind es seine Finger, seine Hände, ganz außergewöhnliche Hände, die mir aufgefallen sind. Und natürlich das Kostüm, das Kostüm kenne ich."

Aber nicht allein seine Hände, nicht das Kostüm, es war insgesamt außerordentlich, außerordentlich merkwürdig und irritierend, verunsichernd und Angst einflößend.

Karl stieg in den Zug, fast hätte ich es vergessen:

„Karl, noch etwas. Er sagte, als er kam, das nächste Mal kommt Papa!"

Karl sah mich an:

„Eine Drohung?"

„Ich habe jedenfalls Angst. Irgendetwas stimmt da nicht. Ich habe seitdem das Gefühl, mit dem Rücken zur Wand zu stehen."

Nachdem er sein Fahrrad im Zug verstaut hatte, beugte er sich noch einmal aus der Tür zu mir hinab und küsste mich zum Abschied auf die Wangen.

„Wieso hat denn deine Tante sich eigentlich bekreuzigt und 'Mörder' gemurmelt?"

„Mörder, Quatsch, die fleht Maria an, die Mutter Gottes oder was weiß ich."

Mörder, Unsinn! Ja, es war ein zweisilbiges Wort gewesen. Ich brauchte mir Tante Zenzi nur vorzustellen, dann sah ich sie, wie ihre Lippen das Wort formten. Komisch, eigentlich war es das, worauf sich für mich die Existenz meiner immer in schwarze und dunkelblaue Tuchkleider gehüllte Tante beschränkte. Ein einziges Wort, das man nicht einmal verstand. Ein Wort, das mit einem „M" oder einem „P" beginnen dürfte, denn die Lippen waren zunächst zusammengepresst, und öffneten sich dann weit wie zu einem „Ö". Mörder?

4

Gleich am nächsten Morgen machte sich Karl an die Arbeit. Es war wieder ein wunderschöner Sommertag Ende August und eigentlich hätte er lieber eine Tagestour unternommen, Rennmaschine oder MTB, von den Terminen her wäre ihm das möglich gewesen, die Mädel hatten Ferien, und wer wusste schon, wie lange das Wetter noch so blieb, aber er hatte es Eva versprochen und so machte er sich auf den Weg zum Bavaria Filmgelände. Er nahm seine Enduro, die Power-Honda, seinen Dampfhammer; Arbeit ja, aber wenigstens Zweirad.

„Wo willst du hin?" wollte Yvonne wissen, „du fährst doch mit den Mädchen heute zum See. Alice ist mit ihrem neuen Roller vorgefahren."

Das hatte er vergessen.

„Fahr du schon mal mit Anna und Susi hin, ich muss nur kurz aufs Gelände, da ist irgendwas. Ich bin in zwei Stunden am See."

„Anna kommt nicht mit, aber gut, ich fahre dann gleich mit Susi los. Wir sehen uns."

Vergessen. Kein Wunder, auf der Zugfahrt, den ganzen Abend und einen Teil der Nacht über hatte er gegrübelt, was es mit der merkwürdigen Faschingsnummer auf sich haben könnte.

„Und schaff das Schlauchboot in mein Auto."

Er tat es und wurde von seiner Frau zum Abschied geküsst. Er wunderte sich nur kurz darüber, wie gut sie heute offensichtlich auf ihn zu sprechen war. Sie hatten sich gestern Abend nicht mehr gesehen, er war gleich in sein Arbeitszimmer im Souterrain gegangen, wo er in einem Nebenraum auch ein Bett hatte. Yvonne und Karl hatten seit dem letzten großen Scheidungsbegehren Yvonnes die getrennten Schlafzimmer beibehalten. Das letzte große Scheidungsbegehren war ein ganz außergewöhnliches gewesen, weil es nicht im Zusammenhang mit einer Schwangerschaft gestanden hatte. Als Yvonne ihren Scheidungswunsch äußerte, war Karls verblüffte Reaktion: „Du bist doch nicht etwa schwanger?!" Sie war nicht schwanger gewesen, Yvonne, 48, sein Wonneproppen, mittelgroß, üppig und geil. Meistens. Sie konnte äußerst launisch sein. Karl war 51 Jahre alt, Susanne, die jüngste Tochter immerhin schon zwölf und das letzte große Scheidungsbegehren war vor knapp zwei Jahren abgebrochen worden, nachdem ein modus vivendi in langwierigen Verhandlungen unter Einbeziehung der Mädchen gefunden worden war. Damals hatte auch Rebecca noch im Hause gelebt, zumindest zeitweise in den Semesterferien. Sie war jetzt Ende zwanzig und lebte am Genfer See, arbeitete dort als Übersetzerin. Die beiden mittleren Töchter, sechzehn und neunzehn Jahre alt, hießen Alice und Anna.

Karl hatte auch einen großen amerikanischen Kühlschrank voller Getränke und einen Tischgrill, für den Fall, dass er sich außer der Reihe etwas zu essen machen wollte. Seitdem klappte alles besser, ihre Tagesabläufe waren einfach zu unterschiedlich.

Eva. Was immer dahinter steckte, wenn etwas Bestimmtes und jemand Bestimmtes dahinter steckte, es oder er würde nicht leicht herauszufinden sein. Und wenn nichts dahinter steckte: umso besser! Auf jeden Fall musste er tun, was er versprochen hatte. Eva hatte Angst, sie fühlte sich bedroht, und wenn tatsächlich an der Drohung etwas sein sollte, und es zu wie auch immer gearteten weiteren Vorkommnissen kommen sollte, würde er sich nie verzeihen, Evas Ängste nicht ernst genommen zu haben.

Würde er also seine Untersuchungen beginnen. Wenn Evas Ängste nur ihr selbst und keiner äußeren Bedrohung entsprangen, könnte er vielleicht interessanten Stoff entdecken. Wenn Evas Ängste jedoch begründet waren und in Zukunft geschähe etwas, hätte er bereits Erkenntnisse gesammelt, die dann doppelt hilfreich sein konnten.

Er ging als erstes in die Kantine, fand dort aber niemanden, den er kannte. Er kaufte sich einen Kaffee und überlegte. Er kam sich blöde vor, da hatte er die ganze Nacht gegrübelt, wie er es anstellen würde, die Leute geschickt auszufragen, und jetzt war kein Mensch da, den er hätte fragen können. Es war eigentlich gar nicht so schwer. Die Hälfte der Anwesenden bei der Faschingsfeier waren Frauen, von den Männern trug ein großer Teil keine Gesichtsmasken. Ohne einen Einzigen befragt oder ein einziges Foto zu Gesicht bekommen zu haben, wäre der Kreis mit Sicherheit auf ein paar wenige zu beschränken, WENN, ja wenn der Täter, oder die Maske, wie sollte er ihn/sie nennen?, kein Fremder von außerhalb war. Am gleichen Tage hatten mindestens zwei weitere Faschingsfeten auf dem Gelände stattgefunden. Die Bavaria vermietete für private Feiern, seinen fünfzigsten Geburtstag hätte er fast auch hier gefeiert. Er hatte sich dann jedoch für ein etwas gemütlicheres Ambiente, für einen Biergarten, entschieden.

„Hei Karl, was machst denn du da?"

„Ich wollte gleich was ans Schwarze Brett hängen, ich hätte gerne Fotos vom letzten Fasching."

„Ich hab keine. Aber der Rudi hat doch fotografiert wie wild, frag den mal."

Cutty, weil sie richtig Katharina hieß und als Cut-Assistentin arbeitete, setzte sich zu Karl an den Tisch. Ihr Haar war kurz und struppig und gefärbt in einem Farbton, den man früher zinnoberrot genannt hat, der heute sicher einen Namen trug wie ICH, Infernal Color of Hell. Ihre Kleidung, Leinenhose, kurzes Hemd, Janker, burschikos hätte man früher gesagt, war ein munteres Zappen durch die Moden der Nachkriegszeit, und bei den unterschiedlichsten Gelegenheiten getragen worden von ihren vielen, vielleicht schon verschiedenen Vorbesitzern. Sie rührte sich ein Müsli an, mehr Ringe als Finger an der Hand, und plapperte munter weiter.

„Suchst du was Bestimmtes? Oder ... Hei, Mann, das fällt mir jetzt wieder ein, da war ja die Hölle los, echt! Die komplette Maske lag schon um sechs unterm Tisch, ha, der Griener hat mal wieder die Kulla angebaggert und ist so was von kalt erwischt worden, Frau Kullas Gespür für Eiseskälte, das glaubst du nicht, und die liebe Eva hab ich beim Bumsen überrascht auf dem Flur. Ich konnte nix dafür, bin ja kein Spanner, aber das sah echt geil aus. Der Clown an die Wand gestützt mit den runtergelassenen Hosen auf den dicken Plastikzehen und die Tussi mit der Maske und hochgeschobenem Rock, schwarzen Strümpfen mit Strapsen, stößt sie von hinten. Ich kann dir sagen, ich wusste im ersten Moment überhaupt nicht, was los war. Ich dachte, soviel hast du doch gar nicht gehabt, dass du jetzt im Schneegestöber stehst. Bis ich das mal voll sortiert hatte, echt der Hammer."
Sie schüttelte den Kopf und fing an, ihr Müsli zu löffeln.
„Wer war denn die Frau?"
„Wie meinst du das jetzt, Karl? - Wer unten lag? Die standen ..."
„Haha. Die Person in der Frauenkleidung."
„Keine Ahnung, aber der Clown war Eva, das weiß ich. Das Jahr davor war sie als Squaw verkleidet. Und die war weg, völlig hinüber, totale Ekstase. Nicht, dass sie rumgeschrien hätte oder so, nein, kein Ton, auch kein wildes Gerammele, stumm und fast bewegungslos, Kopf in den

Nacken gelegt, Augen zu, Mund leicht offen, ich sag dir, ich war richtig neidisch, so was von Verzückung, Entrückung im Gesicht, boa äi, ich hab ne Gänsehaut gehabt, das hab ich mein Lebtag ...”

„Ist ja gut, Cutty, lass es sein, bitte.” Er bekam es mit der Angst, sie könnte die Stöhnszene mit dem heißesten Orgasmus-Fake der Filmgeschichte in ‚Harry and Sally’ nachspielen. Das war hier ein Hobby von allen, Szenen nachspielen. Männer und Frauen können nicht befreundet sein, weil ihnen immer der Sex dazwischen kommt. Karl blickte ängstlich zu den Nebentischen, fehlte noch, dass da jemand sagte, ich hätte gern das selbe, was die Dame am Nebentisch bekommen hat!

„So was kriegt nicht jeder hin, ein Teufelskerl ...”

„Cutty, bitte!”

Sie lächelte, sah ihn an und kam auf die Erde zurück. Da machte Eva ein solches Geheimnis aus ihrer Faschingsaffäre, wurde krank darüber, zog ihn, Karl, wahrscheinlich nur mit den allergrößten Bedenken ins Vertrauen, dabei hatte sich garantiert die gesamte Mannschaft schon über Cuttys Schilderung amüsiert. Und die hatte sich gerade ein wenig anders angehört als Evas Version, nicht wahr.

Cutty Sark, Karl wusste das, war der Name eines englischen Handelsschiffes, einer Gedichtzeile Robert Burns entnommen: Tam O’Shanter, who wore only a cutty sark: Tam O’Shanter, der nur ein kurzes Hemd getragen. Kurzes Hemd, das war doch eine Metapher für Armut, Sterntaler, aber deutlich voller sexueller Konnotationen, leicht zu haben, leicht zu nehmen.

So wie Cutty den Vorfall nun geschildert hat, dachte Karl, müsste er sich wahrhaftig keine Sorgen machen. Das konnte nur eine ganz banale Karnevalsaffäre gewesen sein. Dafür jedoch war Eva viel zu verstört, irgendetwas war nicht in Ordnung, etwas war ausgelöst worden, und ob ein Vorsatz dahinter steckte, also eine kriminelle Energie, war gar nicht entscheidend. Man musste herausfinden, warum Eva so reagierte. Karl stand auf, küsste Cutty auf die Wange, berührte mit seiner Nase das Piercing an ihrer, stellte fest, dass sie außerordentlich gut roch, und ging ins Verwaltungsgebäude, um dort seine Anfrage in Sachen Fotos anzupinnen.

Auf dem Weg zur Honda machte er einen Schlenker durch das Studio, in dem gerade der Drehbeginn der zweiten Staffel seiner Soap anstand. In zwei Tagen sollte in einem Meeting die Konturen der dritten Staffel besprochen werden. Je länger eine Serie lief, je erfolgreicher sie war, umso schwieriger gestalteten sich von Mal zu Mal die Verhandlungen, weil jeder glaubte, ihm oder ihr sei der Erfolg zu verdanken und dementsprechend wuchsen auch die Begehrlichkeiten.

Angefangen hatte es mit einer Drehbuchautorin Selma Löffler, die natürlich alle Lagerlöff nannten, auch wenn sie dabei war. Später war Karl als Assistent dazu gekommen, Eva hatte ihn auf die Möglichkeit aufmerksam gemacht. Dann Freinersborder dazu als Supervisor, der aber selber nichts schrieb, und Karl rückte gleichberechtigt neben Selma, sie beide legten die Entwicklungslinien der Serie fest und skizzierten grob die einzelnen Folgen. Vier junge Dialogschreiber, nur ein Mädel dabei, arbeiteten dann gemeinsam die Szenen aus, schrieben die Dialoge, was oft so aussah, dass sie die Szenen sich einfach vorspielten und mitschrieben, was ihnen gefiel. Karl und Selma wurden die ausgedruckten Dialoge noch einmal vorgelegt, wenn die Zeit dazu reichte, was nur manchmal am Anfang so gewesen war. Oft genug entschieden die Schauspieler und der Stab im Studio, wie die Dialoge endlich gespielt wurden. Mittlerweile war der Stab fast unüberschaubar geworden: Storyliner, Screenwriter, Chief-Editor, Script-Director, jeder Heini und jede Heidi hatte irgend einen tollen Titel.

Es war ziemlich ruhig in der Halle, anscheinend waren die Vorbereitungen beendet und das Team in der Kantine, bevor die Dreharbeiten losgingen. Lediglich zwei Polen hämmerten an den Wänden herum. Der eine hätte der Statur und dem Alter nach in Karls Fahndungsraster gepasst, aber die beiden waren Fremd- oder Leiharbeiter und damals noch gar nicht hier.

Karl wusste, dass es in Polen nicht nur hervorragende Stukkateure und Restaurateure gab sondern ebensolche Bühnenhandwerker. Auch von den Elektrikern war noch einer da, der eifrig seine Strippen zog und gelb-schwarze Signalbänder klebte.

„Dragan, wirst du heute nochmal fertig? Mach hin, Kerl!", klang es aus den Lautsprechern. Dragan machte in aller Ruhe weiter und zeigte den Stinkefinger, aber so, dass man es dort, von wo man ihn angeschnauzt hatte, nicht sehen konnte. Auch er war knapp eins-siebzig groß, war irgendwo in dem Alter „junger Mann".

Karl verließ die Halle und traf auf dem Flur mit Alex zusammen, als sie eiligen Schrittes um die Ecke rauschte. Sie traf ihn mit einem ihrer vielen Teile, die sie an sich hatte, an einer sehr empfindlichen Stelle, so dass Karl erst einmal nach Luft schnappte. Alex entschuldigte sich hämisch lachend, wie Karl beleidigt bemerkte.

„'Cute meet' nennt man das Karl."

„Ja, danke. Ich werde das unverzüglich in die nächste Staffel schreiben."

Alexandra, die Produktionsassistentin. Blond, groß, in voller Montur: In den prallen Seitentaschen ihrer Cargo-Hose klickte etwas mit jedem energischen Schritt. Handy an der Hüfte, hinten den Sender, um den Hals Kopfhörer mit Mikro, Klippboard und Skript, Stoppuhr, Zigarette im Mundwinkel. Sie war blondgesträhnt und sauhübsch, hatte eine tolle Figur, sie war klug und beherrscht. Sie sah immer ungeheuer professionell aus, nach Großprojekt, Staudamm am Yangtse, Brücke über den Kanal oder Operation Wüstenfuchs.

„Sag mal, Alex, der Dragan, wie lange ist der eigentlich schon hier?"

„Hi, Karl. Der ist schon länger da als ich, also mindestens acht oder zehn Jahre."

„Der spricht gut deutsch, hört sich irgendwie nach Ruhrpott an."

„Ja, warum fragst du?"

„Ach, nur so, Alex, ich habe ihn gerade in der Halle gesehen."

„Was, die sollte doch längst fertig sein."

Sie ließ die Zigarette fallen und trat sie mit der Schuhspitze aus; natürlich war auch auf den Gängen das Rauchen verboten.

„Ja, ja, der ist in Duisburg geboren, Eltern Jugoslawen, also, das was damals Jugoslawen waren. Der war übrigens während des Bürgerkrieges ein Jahr oder anderthalb da unten, hat auf einer Seite, frag mich nicht auf welcher, mitgekämpft. Da macht er ein ganz großes Geheimnis draus. In dem Stil 'Ihr habt ja alle keine Ahnung, was in der Welt wirklich los ist.'"

Was Alexandra nicht wusste, wusste niemand auf dem Gelände, nicht einmal Cutty. Sie steckte ihre Nase auch in die Personalakten, hatte ein Wörtchen mitzureden bei den Besetzungen und Einstellungen, was sie gewissermaßen unangreifbar machte.

„Ich muss weiter, Alex, toi, toi, toi."

„Toi, toi, toi: Wir sehen uns Donnerstag, Karl."

Sie dampfte ab in die Halle, während Karl ihr nachblickte. Ihr Arsch sah toll aus und ihr langes, blondes Haar wallte bei jedem Schritt. Hörte das denn nie auf, fragte er sich. Mit einem Schlag wurde ihm klar, dass er auf dem Gang stand, auf dem das passiert war, was Eva aus der Bahn geworfen hatte. Geheimnis des Ganges, Mythos auf dem Flur zwischen Halle und Garderoben, Toiletten und Maske, Requisite und Studio. Talkum und

Small-Talk, Kopulation und Karriere. War das Soap, sexuelle Fantasie oder schrille Realität?

Wenn er sich an das Faschingsfest erinnerte, beschlich ihn ein Gefühl der Peinlichkeit. Wie konnte es anders sein? Er war ziemlich betrunken gewesen, hatte versucht, ein paar Frauen anzumachen. Nicht nur Eva, bei ihr ja nur ansatzweise der Versuch, hatte ihn abblitzen lassen. Er sah Alex, die nicht verkleidet, aber sehr aufreizend mit einem weiten und sehr langen Muscle-Shirt bekleidet war, sowie einem ADIDAS-Beinkleid, das außen an den Beinen bis zur Hüfte aufgeknöpft war, fast wie bei einer Cowboy-Kluft. Cutty mit einem Dreißiger-Jahre Kleidchen, in ihrer einen Hand hielt sie eine unendlich lange Zigarettenspitze und in der anderen ein Aufnahmegerät, ihre kleine Digicam! Ha! Das hätte doch Eva auch in Erinnerung haben müssen. Egal, dachte er, ich werde Cutty anrufen und morgen fahre ich noch einmal zu Eva, aber heute gehen wir baden, und er machte sich gutgelaunt auf den Weg an den See.

Das Wetter war immer noch perfekt. Gegen eins würde er da sein und viel Spaß mit seiner Familie haben. Normalerweise gingen die Girlies ja mit ihren jeweiligen Cliquen zu Schwimmen, aber einmal im Jahr fuhren sie noch gemeinsam an den See, was sicher bald ein Ende haben würde. Gemeinsam hieß nun, dass Yvonne und er mit den beiden jüngsten, Alice und Susi, zum Baden fuhren. Anna beteiligte sich, seit sie siebzehn geworden war, an keinerlei Familienaktivitäten mehr; das mussten und konnten sie hinnehmen. Dafür hatten sie schließlich die Kinder in die Welt gesetzt: dass sie beizeiten erwachsen wurden und ihrer Wege gingen.

Er konnte ein wenig die Ohren spitzen, Originaltöne Kids, Jargon aufzeichnen mit seinem Brain-Recorder, das konnte er immer gut gebrauchen für die Serie. Karl wurde das beklemmende Gefühl nicht los, dass seit einiger Zeit Unruhe in der Produktion war. Alle waren aufgeregt,

fingen an, sich gegenseitig das Leben schwer zu machen.
Eine andere Zielgruppe müsse her, neue Werbekunden,
generation soap, hieß es plötzlich überall, und „tja, Alter,
die daily soap kommt halt jeden Abend! Du nicht." Die
jungen Menschen, die Soaps sahen, seien Menschen auf
der Suche nach dem Glück. Quatsch, dachte Karl, alles
hirnrissiger Quatsch.
Eva wird hoffentlich, dachte Karl, mit ihrem Psychoana-
lytiker vorankommen und den Ursachen ihrer Krankheit
auf der Spur sein.

5

Karl war heute wieder da, mit dem Auto dieses Mal. Er ist auf dem Nachhauseweg in ein ordentliches Unwetter geraten. Als ich ihn heute Abend anzurufen versuchte, war er noch nicht Zuhause; sein Anrufbeantworter lief und auf dem Handy bestätigte er mir dann, dass er mitten in einem Unwetter steckte.

Als Karl hier ankam, war das Wetter noch angenehm, und ich machte den Vorschlag, einen Spaziergang zu unternehmen. Aber Karl meinte, es gäbe einen Wetterumschwung, und der kam dann tatsächlich, die Baumkronen vor meinem Zimmerfenster wurden heftigst hin und her bewegt, sie wurden vom Sturm so gebeugt, dass sie zeitweise aus meinem Blickfeld verschwanden, wieder zurückpeitschten und einen wilden, ungezügelten Tanz vollführten, der mir Angst machte. Ich hatte das Licht und die Kerze gelöscht, nachdem Karl gegangen war, aber ich hielt es nicht lange aus. Das Heulen des Windes und das Prasseln der dicken Regentropfen, die Blitze und der Donner machten mir Angst, es war so unheimlich, dass ich nach unten ging und mich zu den anderen in den Aufenthaltsraum setzte.

Auf dem Weg zu meinem Zimmer sind wir Dr. Mockingo begegnet und ich machte die beiden Herren miteinander bekannt. Sie waren ausgesucht höflich zueinander, dabei spürte ich, wie sie sich eifersüchtig beäugten, wer denn

nun der große Healer war, der Heiland meines kranken Körpers, meiner kranken Seele. Auf meinem Zimmer präsentierte Karl stolz, nur noch wenig verstimmt, er hatte mich ja nun für sich allein, seine Fotosammlung und seine gesamten Fakten, er nannte sie seine C-Files:
„C für Carneval oder Crime, Continuity oder Confusion. Hier, Mädel, schau mal, wie fleißig ich war."
Costumes. Ich sollte eine Auflistung aller Filme machen, bei deren Produktion ich dabei war. Und dann werde ich überlegen, in welchem der Filme ein solches Kostüm mitspielte, denn ich kannte das Kostüm, ich hatte es schon einmal gesehen, es kam mir bekannt vor, ohne Frage. Es war ein ganz gewöhnliches Kostüm, klassischer Schnitt, uni in Blau- oder Grautönen vorzugsweise, die Jacke leicht auf Taille geschneidert, die Rocklänge konnte variieren, so ein Kostüm kam in vielen Filmen vor. Auch meine Mutter hatte früher ein solches Kostüm und wahrscheinlich hat sie es heute noch. Karl konnte dann alle Unterlagen sichten, welche Leute bei welchen Produktionen dabei waren und all das. Wenn wir wussten, wer dieses Kostüm getragen hatte, wussten wir nicht nur, wer dahinter steckte, sondern auch was.
Ich war mir sicher, dass Karl ebenso noch ein paar C hatte, hohe Chaotische und tiefe Copulations (hei Karl, das macht Spaß mit den Worten rumzuspielen, vielleicht sollte ich es mal mit Drehbuchschreiben probieren ...), parat hatte, es sich aber verkniff, sie für mich anzustimmen. Wir gingen alle Fotos gemeinsam durch, fanden aber natürlich kein Bild, auf dem der Mann mit der Frauenmaske zu sehen war. Das mit der Maske war schon schwieriger. Ich konnte mich nicht erinnern, dass diese Maske in einem Film mitgespielt hätte.
Wir hatten also zwei Möglichkeiten, entweder ich fand heraus, was es mit Kostüm und Maske auf sich hatte, wer dahinter steckte, oder Karl fand auf dem Gelände, in einem der verschiedenen Teams, einen Mann mit Motiv

im richtigen Alter. Und konnte ihm nachweisen, dass er die Maskierung getragen und mich gevögelt hat.

„Eva, ich habe das alles ganz akribisch auseinander klamüsert und wieder zusammengesetzt."

Er fing an, genauestens zu erklären, wie viele Männer dem Alter und der Figur nach in etwa in Frage kämen, wie viele von ihnen auf den Fotos in bestimmten Verkleidungen zu erkennen waren, wie viele unverkleidet zu sehen waren und wie viele überhaupt nicht da waren.

„Der Mann mit der Frauenmaske könnten alle von ihnen gewesen sein und noch ein paar andere. Es sieht für mich so aus, als habe der Kerl entweder die Kostümierung gewechselt, beziehungsweise sich überhaupt erst für diese ..., für die ..., für dich umgezogen. Das kann, wie gesagt, einer der Anwesenden gewesen sein oder einer von außerhalb, der dich nur zu diesem Behufe und in dieser Maskerade beehrt hat."

Er sagte wirklich 'zu diesem Behufe' - so ungeheuer wichtig kam er sich vor.

„Und noch was", setzte er zögernd nach, „kannst du dich daran erinnern, dass Cutty Aufnahmen gemacht hat?"

„Klar doch. Bloß kann man mit den Aufnahmen absolut nichts anfangen. Aus der Hüfte geschossen, viel zu schnelle Schwenks, Bilder vom Fußboden, Schwindel erregende Zooms, vergiss es."

Er schien sehr erleichtert, als ich ihm erzählte, ich sei mit Dr. Mockingo nun auf einer anderen Spur. Ein warmes Gefühl von Zuneigung und Verständnis durchflutete mich in dem Moment, weil ich spürte, wie sehr wir uns schon ohne Worte verstanden. Karl würde mir nicht viel helfen können, der Schlüssel zur Lösung meiner Verwirrung, meines Aus-dem-Tritt-kommens musste bei mir selbst liegen, in meiner Kindheit vermutlich.

Die Baumspitzen vor meinem Fenster verirrten sich starr in nur noch erahnbare Zweige und Blätter, vollkommen unbeweglich schienen sie hinter der Scheibe eingeritzt zu sein und verschwanden langsam in der zunehmenden Dunkelheit wie auf einem Papier, das verbrennt und sich zu einem schwarzen Rest zusammenrollt, der sich in nichts als schwarze, fettige Flecken auflöst, wenn man ihn zwischen den Fingern zerreibt. Und als ich Tee machte und eine Kerze aufstellte, war von der Welt draußen nichts mehr zu sehen, drinnen war es gemütlich, so gemütlich, dass es Karl ungemütlich wurde. So hatte er sich sein Detektivdasein offensichtlich nicht vorgestellt.

„Es wird wohl so sein, Eva. Ob es nun so ist, dass dich das Faschingserlebnis als solches verunsichert, oder weil es dich an etwas aus deiner Kindheit oder aus einem Film erinnert, ist nicht so wichtig. Wichtig ist, dass du erkennst, was es ist, was dich durcheinander bringt."

„Genau das ist es, Karl, was auch mein Psychodoc sagt. Wir haben ziemlich viel über meine Kindheit geredet."

Karl verzog das Gesicht oder war es nur die flackernde Kerze?

„Mein Vater war ein Frauenheld, zu mir war er immer sehr liebevoll und alles, er starb ja sehr früh, aber die Familie war schon vorher kaputt durch seine dauernden Eskapaden. Das allerdings ist etwas, was ich weiß, weil meine Mutter es mir später erzählt hat."

Nachdem mein Vater gestorben war, sind wir, meine Mutter und ich, nach München gezogen und noch bevor ich eine Stelle bei der Bavaria hatte, zog Mutter weiter nach Norddeutschland, wo ihre Familie herkommt. Dort lebt sie heute noch; ein oder zwei Mal im Jahr besuche ich sie. Auch da spürte ich ein Unbehagen, eine Ungewissheit. Nie habe ich mich als Heranwachsende oder Erwachsene in ihrer Gegenwart wirklich wohl gefühlt, nie gab es ein Gefühl der Zuneigung. Sie war so kalt, irgendwie abgestorben. Wenn ich sie jetzt anriefe, sie käme mich besuchen, oder sie würde sagen, komme zu mir, ohne Frage. Aber wenn ich sie dann wieder verließe, säße sie in ihrem Stuhl, mir den Rücken zugewandt, während ich mich leise aus dem Zimmer stahl.

Die ganze Zeit über, während ich im Aufenthaltsraum darauf wartete, dass das Unwetter vorüberzog, kreisten meine Gedanken um Mutter und um die Fehler, die ich im Studio gemacht hatte. Ich hatte auch mit Karl darüber gesprochen. Ganz am Anfang der Serie sollte die Kulla schon aus dem Fenster springen, Selbstmord begehen. Oh Gott, war das schrecklich! Fünf Mal musste das Stuntgirl springen, bis die Szene im Kasten war. Und da fällt mir ein, dass die Kulla doch in der letzten Szene vor dem Sprung das Kleid gewechselt hatte. In zehn Takes der Szene trägt sie ein grünes Kleid, aber dann meint sie, ein dunkelblaues passe besser, mit der gab es natürlich auch eine heftige Auseinandersetzung, mit dem giftgrünen sah es schon nach Fallobst aus, jedenfalls brauchten wir nur eine einzige Szene mit dem blauen Kleid zu drehen und passenden Schuhen natürlich. Und nach dem perfekten Sprung mit dem grünen Kleid fällt es mir ein und ich sage, wir müssen in dem blauen Kleid nochmal drehen. Herrgott, ist der ausgeflippt, der Griener-Arsch. Warum springt die Kuh nicht?

Mein Gott, sie hüpft im Studio aus dem Fenster, landet aus einem Meter Höhe auf einer dicken Weichmatte, drei Sanitäter vom Roten Kreuz stehen bereit. Später beim Stunt draußen, als wir mit dem Stunt-Girl den ganzen Sprung aufnahmen, war nur einer dabei. Die Girls sind halt keine Schauspielerinnen, zicken nicht rum, sondern machen ihre Arbeit und springen, wenn im Drehbuch ‚springen‘ steht.

Und das Schlimmste, mit dem blauen Kleid musste die Kuh noch zehnmal springen, bis der Sprung wieder einigermaßen okay war.

Beim letzten Sprung erst fiel mir ein, weil der Kerl so einen Terz gemacht hat, und ich nervös wie bei einem Gang durch die Hölle war, dass die Schuhe falsch waren.

Aber da habe ich mein Maul gehalten. Erst beim Schneiden fiel es der Cutterin auf, die Gott sei Dank schlau genug war, nichts zu sagen. Ich bin mir absolut sicher, hätte ich damals auf die falschen Schuhe hingewiesen, das Team wäre verstummt und hätte schweigend und mit großer Feierlichkeit meine Steinigung begangen.

Und dabei wurde die komplette Szene später rausgeschmissen, als sich zeigte, dass die Serie weiterlaufen würde, und zwar mit der Kulla, sie ist eine der beliebtesten Schauspielerinnen der Serie geworden. Eine Art Mutter Beimer, aber mit deutlich mehr Sex. Schon um die Sechzig, aber noch sehr begehrenswert und nicht weniger begehrlich. Auch wenn Karl diesen Teil nicht geschrieben hat, konnte er Selma dazu bringen, die Figur der Hanna so anzulegen, und außerdem hat die Kulla ja, wie Griener, in grauer Vorzeit mit dem schwachsinnigen Soft-Sex, Liebesgrüßen und Lederhosen angefangen.

Als ich anfing, war dieser Unsinn Gott sei Dank erledigt. Mutter hätte es nicht gefallen, mich bei solchen Produktionen dabei zu wissen, obwohl es für meine Arbeit natürlich ziemlich egal ist, was für ein Film gedreht wird. Aber bei solchen Produktionen legte man sicher keinen allzu großen Wert auf Continuity. Nackt war nackt, ganz gleich, was man vorher anhatte.

Mutter wusste wahrscheinlich nicht einmal, dass ich in der Klinik war. Sicher käme sie auf ein Wochenende zu Besuch, wenn ich sie wissen ließ, wo ich war, aber vielleicht sollte ich, wenn es mir besser ging, mal wieder zu ihr fahren. Karl würde mich begleiten, sie würde mich dann in der Küche unter vier Augen fragen, ist das denn nun der Richtige? Sei vorsichtig, mein Kind. Ja, Mutter, nein, Mutter.

Karl war noch keine fünf Minuten auf der Landstraße nach München unterwegs, als das Unwetter losbrach. Einen Moment lang überlegte er, ob es nicht besser war, zurückzufahren und bei Eva zu übernachten, dort musste es ein freies Zimmer geben, er konnte Yvonne anrufen, ihr würde es zwar nicht gefallen. Aber nun war er ja unterwegs. Es erleichterte ihn, dass Eva keine Einzelheiten erfragt hatte bezüglich der Verdächtigen.

Sie machte sich Sorgen wegen der Fehler, die auf ihre Kappe gingen. Dabei war das alles halb so wild gewesen. In der Rocky Horror Picture Show, den Film hatte er sich letzte Woche noch einmal angeschaut, gab es jede Menge wirklich gravierender Continuity-Fehler. So teilt der Erzähler mit, es sei November, dennoch ist die Rücktrittsrede Nixons zu hören, die er im August gehalten hat. Anscheinend glaubte Eva, jemand habe sich so über einen ihrer Fehler geärgert, dass er sich an ihr rächen wollte. Könnte auch eine Frau gewesen sein, die den Kerl dann dazu überredet hat, das zu tun, aber das war ja Unsinn, denn wer würde darauf spekulieren, jemanden mit einer Karnevalsnummer auf dem Flur aus der Bahn zu werfen.

Andererseits hatten seine Recherchen eine Menge erbracht. Da taten sich Abgründe auf, dunkle Stellen, wunde Punkte, wo man besser nicht nachfragte. Karl hatte, um einigermaßen unauffällig an die Daten der von ihm verdächtigten Männer heranzukommen, Erkundigungen über Männer und Frauen jeden Alters eingezogen. Karl war nun besser informiert als Cutty und fast so gut wie die blonde Alexandra, und er nahm sich vor, Cutty wegen der Digi-Aufnahmen anzuhauen.

Bei Rudi, dem Fotografen, war er nicht weitergekommen, weil der keine Fotos hatte rausrücken wollen. Die bekam Karl über Umwege dann doch, von ihm gab es nur den Hinweis auf Franzi, die einen Job im Büro hatte, in der Verwaltung. Und dort war Karl nach einigem Hin und Her auf eine schier unerschöpfliche Quelle gestoßen.

Franzi ging es wie vielen Spionen, Under-Cover-Leuten, die unter der Last ihres geheimen Wissens leiden, weil sie es niemandem außer ihrem Briefkasten mitteilen dürfen. Es gab also in der Halle, im Studiokomplex, eine Art Geheimdienst, Rudi machte Fotos, die er aber nur seinem Auftraggeber zur Verfügung stellte. Mit seinem Auftraggeber traf er sich nie, sondern er erhielt regelmäßig Umschläge mit Aufträgen und Geld. Rudi wiederum lieferte die Umschläge mit Fotos.

„Was ist schon dabei? Jeder bekommt das mit, wenn ich ihn oder sie fotografiere. Das ist mein Job. Jeder kann auch von seinem Foto einen Abzug bekommen."

Natürlich nicht von allen Aufnahmen, wer wollte ihn da kontrollieren? Ein Geheimdienst also. Und ein paar Mädels schnüffelten herum, hielten Augen und Ohren auf, lieferten Berichte ab, streuten mal das Gerücht, zettelten mal jenes an. Irgendjemand spielte da sein perverses Spiel, und es war klar, dass Cutty mitspielte. Und wenn sie gar nicht zufällig Zeuge des Vorfalls auf dem Flur geworden war? Und wenn er nur Gespenster sah, Verschwörung und Geheimdienste, wo es lediglich stinknormale Intrigen, Eifersüchteleien und manchmal gehässigen Klatsch gab? Sie hatten mit Schauspielern, also Künstlern, zu tun, mit Medienleuten, die karrieregeil und mit allen Wassern gewaschen waren.

Karl musste sich konzentrieren, es war stockduster, dann fing der Sturm mit Blitz und Donner an, erhellte eine entfesselte Landschaft, es gab noch keinen Regen und keinen Verkehr mehr, was den Sturm umso unheimlicher werden ließ. Karl fuhr langsam und dennoch wurde der Wagen immer wieder von heftigen Windböen erfasst und Karl musste durch Gegensteuern den Wagen auf der Fahrbahn halten. Als jedoch die dunklen Wolken endlich den Regen freigaben, fuhr Karl rechts ran, schaltete die Warnblinkanlage an, die Scheibenwischer und das Licht aus. Sein Handy klingelte, es war Eva, die wissen wollte, wie es ihm ging. Er empfahl ihr die Lektüre von Shakespeares Sturm.

„Dieser Kerl macht mir Muth; mich däucht, er sieht keinem gleich, der ersauffen wird, er hat eine vollkommne Galgen-Physiognomie! halte fest an deiner Absicht, liebes Schicksal; mache den Strang, der ihm bestimmt ist, zu unserm Ankerseil, denn das unsrige hilft uns nicht viel: wenn er nicht zum Galgen geboren ist, so steht es jämmerlich um uns."

Natürlich, Shakespeare kannte sie, womöglich den ganzen Text der bezauberten Insel. Liebes Schicksal ... Da er schon sein Telefon in der Hand hatte, rief er Yvonne an, um ihr zu sagen, dass er in einem Unwetter steckte und nicht wusste, wann er und ob er überhaupt heil nach Hause käme. Sie wünschte ihm viel Glück und einen dicken Baumstamm aufs Dach. Den dicken Stamm würde er ihr dann schon zeigen, wenn er wieder zu Hause war. Dabei war ihm gar nicht nach scherzen zumute.

Er fühlte sich daran erinnert, wie es das letzte Mal in der Waschanlage gewesen war. Wenn der Tankwart ihm statt des Wasch-Chips einen mit der Programmierung für die Geisterbahn gegeben und wenn in der Waschanlage ein wahnsinniger Kannibale gewütet und gebrüllt hätte, dann wäre das kaum schlimmer gewesen als jetzt. Karl hatte Angst. Er wusste nicht einmal mehr, ob er in einem Waldstück stand oder auf freiem Feld, er ließ den Motor an, den nächsten Blitz wollte er nicht abwarten; freies Feld, ein Baum würde ihm hier nicht aufs Dach fallen. Blitze konnten ihm nichts anhaben, er saß ja geschützt in seinem Faradaykäfig.

Er schaltete Licht und Motor wieder aus, womöglich musste er lange hier aushalten, er durfte die Batterie nicht leer werden lassen. Sprit hatte er nicht mehr allzu viel. Er wusste, dass diese Nacht nicht gut ausgehen konnte, das brüllte ihm der Sturm zu, der das Gras der Wiesen in Wellen erschauern ließ und in den Baumkronen tobte, als

käme er aus allen vier Himmelsrichtungen, gleichzeitig und im Kampf mit sich selbst. Föhrenfirste zitterten und Fichtengiebel, Astkreuze erhoben sich, verbogen sich, fielen auseinander. Und dann war alles dunkel, so dunkel wie es nur in einer absolut lichtlosen Nacht in einem allein von Geistern belebten Land sein kann:
„Aus! kleines Licht! Leben ist nur ein wandelnd Schattenbild: Ein armer Komödiant, der spreizt und knirscht sein Stündchen auf der Bühn und dann nicht mehr vernommen wird. Ein Märchen ists, erzählt von einem Dummkopf, voller Klang und Wut, das nichts bedeutet."
Wie viel schöner, dachte Karl, ist doch das englische Original. Out, out brief candle! Life's but a walking shadow, a poor player, that's struts and frets his hour upon the stage, and then is heard no more. It is a tale told by an idiot, full of sound and fury, signifying nothing."
Das war aus Macbeth. The Sound and the Fury, Schall und Wahn, das wiederum war von Faulkner, mein Gott, dachte Karl, von Shakespeare aus kann man wirklich die ganze Welt erschließen, mit Shakespeare im Kopf sich aus der Welt verabschieden.

6

Zwei Tage später war Karl wieder auf dem Studiogelände. Briefing des Produktionsstabes, um die Storyline für die nächste Staffel festzulegen, anschließend würden die Dialogautoren mit dem Regisseur und den Hauptdarstellern weitere Einzelheiten festlegen, das heißt, Selmas und Karls Vorschläge würden akzeptiert oder nicht, und Alex würde darauf bestehen, möglichst viel im Studio abzudrehen, Außenaufnahmen kosteten nun mal Geld. Und richtige Soaps, so ihr Argument, spielten in den eigenen vier Wänden, kamen mit ein, zwei oder höchstens drei Dekorationen aus. Aber diese Soap war keine Sit-Com und war auch keine richtige Soap. Oder, dachte Karl, eine bayerische Soap, in der alles ein wenig anders war. Eine bayerische, eine altmodische Familiengeschichte, die in München spielte und in München gedreht wurde. So etwas gab es noch, so etwas gab es wieder, im dritten Programm des Bayerischen Rundfunks.
Für Karl sah es sehr gut aus, weshalb er mit sehr großer Gelassenheit in die Besprechung gehen und in die Zukunft sehen konnte. Beim Sender hatte man festgestellt, dass zu wenige Jugendliche die Serie sich ansahen, daran musste was geändert werden, darum sollte sich vor allem auch Freinersborder kümmern. Der Sohn sollte ein Internet-Café aufmachen, die Tochter anfangen zu studieren,

jedoch nicht mit dem Ziel, später die väterliche Firma zu übernehmen, was ursprünglich der Sohn hatte tun sollen, sondern Paläontologie. Dazu würde sie als erstes ein Praktikum in einem Zahnlabor beginnen, um schon einmal den kniffligen Umgang mit dem feinen Bohrer zu erlernen, was sie ja brauchte, um später Knöchelchen längst verstorbener Lebewesen auszubuddeln und freizulegen, ohne sie zu beschädigen. Karl und Selma hatten sich erfolgreich dafür einsetzen können, dass es eine Serie für ein halbwegs intelligentes Publikum blieb. Der Serien-Vater mit eigenem Baugeschäft, Mutter Architektin, aber bald in einer fremden Firma, kommt dort dem Chef näher. Was halt so dazu gehörte, lokale Politik mit Korruption bei den Ausschreibungen, Bauunfälle mit illegalen polnischen Arbeitern, Liebesverstrickungen im Internet-Cafe, Schulprobleme und Drogen und und und. Gemeinsam mit den Darstellern und den wichtigen Leuten der Produktion konnte man dann den einzelnen Folgen eine Kontur geben.

Es sah wirklich sehr gut aus für Karl. Sein Agent hatte mit der Produktionsfirma verhandelt und signalisiert, dass er auch bald seinen zweiten Tatort bekäme, das wäre dann mal wieder ein sechsstelliger Betrag, von dem er ein bisschen was für sein Häuschen auf Kreta anlegen konnte. Das Grundstück hatte er schon vor einiger Zeit gekauft, ohne dass irgendjemand in der Familie davon wusste. Als sie dort einmal Urlaub machten, sagte er, es sei gemietet. Die Frage war nur, ob er renovieren sollte oder neu bauen. Aber das hatte noch Zeit. Er musste sich auf das Hier und Heute konzentrieren.

„Ah, Schmidt! Endlich."

Karl blickte in die Runde, alle Blicke waren auf ihn gerichtet. Und es waren mehr Blicke, als er erwartet hatte. Normalerweise hätte kaum jemand sein Eintreten wahrgenommen, er hätte den einen oder die andere mit einem Kopfnicken begrüßt, dann wäre der ein oder die andere

noch nach ihm herein gekommen, man hätte sich an den
großen Konferenztisch gesetzt und Buchinger, der Produ-
zent, hätte die Sitzung eröffnet. Von Buchinger war die
Äußerung „Ah, Schmidt, endlich!" gekommen. Wer aber
jetzt das Wort ergriff, war ein Karl unbekannter Mensch.
Ein verdammt fetter Kerl mit Glubschaugen und Glatze,
einem Schweinehals und schwulstigen Lippen, zwischen
denen eine dicke, halb aufgerauchte Zigarre qualmte. Er
war klein und trug einen schwarzen Anzug. Englisches
Tuch, tippte Karl, und maßgeschneidert, bei der Figur.
„Nehmen Sie doch bitte Platz," sprach er mit einer sono-
ren Stimme, setzte sich als erster und redete weiter, während die von ihm Angesprochenen das taten: „Mein
Name ist Hahn, Kripo München. Ihre Kollegin Katharina
Süß ist gestern ermordet aufgefunden worden. Der ge-
naue Zeitpunkt ihres Todes liegt noch nicht fest. Wie ich
gehört habe, hat man sie hier aber bereits vermisst. Aus
verständlichen Gründen werde ich Ihnen jetzt noch keine
Einzelheiten mitteilen können. Erst werden wir Sie alle
befragen. Aber davon darf ich Sie vielleicht doch in
Kenntnis setzen, es besteht zur Zeit kein dringender Tat-
verdacht gegen jemanden hier im Hause."
Griener war auffallend blass, befürchtete er, dass durch
die polizeiliche Ermittlung sein Geheimdienst auffliegen
konnte? Griener, der für Karl unter dem Etikett firmierte
„Poker, Hund, Hass". Poker liebte er, besonders „seven
no lookie", die Spieler bekamen sieben Karten, von denen sich jeder eine an die Stirne klebte, mit Spucke, so
dass die Spieler eine Karte der anderen Zocker kannten,
aber eine der eigenen nicht. Hunde hasste er, was ihn
nicht davon abhielt, immer wieder mal einen aus dem
Tierheim zu holen. Wenn er nämlich einen Schauspieler
oder eine Schauspielerin auf dem Kieker hatte. Dem
Hund gab er dann den Namen der oder des Gehassten und
schrie den dann durch die Halle, „Kulla, du räudige Hündin, bei Fuß! Erich, du Scheißköter, hau ab!"

Irgendjemand aus dem Stab musste das arme Vieh dann zurückbringen, wenn er das Spiel leid war.

Buchinger hatte dafür gesorgt, dass er selbst und der Drehbuchstab als erste vernommen wurden, damit sie wenigstens in kleiner Runde eine kurze Sitzung hinbekamen, die Zeit drängte. Aber natürlich brachte das Gespräch kaum was, in zwei Monaten sollten jedenfalls die Skripts fertig sein, in drei Monaten die nächste Staffel gedreht werden. Reichlich Zeit eigentlich, aber am Ende würde es doch dann wieder knapp.

Karls Vernehmung war schnell erledigt, mit Cutty hatte er ja nie weiter zu tun gehabt. Er kannte sie halt als die Frau vom Schnitt. Natürlich erzählte Karl dem Kommissar nichts davon, dass Cutty ihm von der Nummer auf dem Flur berichtet hatte, das musste die Polizei nicht wissen. Eva hatte ganz sicher nichts damit zu tun, dass Cutty tot war. Was aber war mit dem Studio-Geheimdienst? Konnte es sein, dass sie ein Opfer dieser Intrigen geworden war?

Erst später realisierte Karl, dass er seine Umgebung kaum noch wahrgenommen hatte, als er das Gebäude und dann das Gelände verließ. Er steckte in einem Tunnel, er hatte den Tunnelblick, links und rechts war alles schwarz, aber er konnte die Enge spüren, er hörte sie am Hall seiner Schritte, er wusste, dass weit vor ihm etwas noch viel Schwärzeres lag. Er bestieg seine Maschine und nun ging es noch schneller in den Tunnel hinein oder einen Tannenwald, wo die Nadeln alles Geräusch außer dem des Windes verschluckten, und er gab der Honda die Zügel frei. Erst wenn er merkte, dass er zu schnell wurde, ohne die sonst mit der Geschwindigkeit verbundene Erregung zu verspüren, drosselte er das Tempo, fuhr eine Zeitlang, ohne zu schalten, langsam und untertourig, bis sich die Maschine wieder befreite und auf volle Drehzahl kam.

Er spürte, dass Cuttys Tod unter diesen Umständen kein Zufall sein konnte. Er spürte, dass es mit Eva zu tun hatte. Ein solcher Zufall war nicht möglich. Es konnte nicht anders sein, im Studio lief ein Mörder herum. Und er hat Eva gevögelt, dachte Karl, der entschlossen war, niemandem davon zu erzählen, weil er wusste, dass ihm niemand glauben würde.

Die Erkenntnisse, die ihn, weil er glaubte, mitten drin zu stecken, zutiefst erschütterten, würden andere als Information kalt lassen. Zwischen ihm und den anderen, denen er hätte berichten können, bestand ungefähr ein Verhältnis wie zwischen dem Reporter in Katastrophen- und Kriegsgebieten und den Fernsehzuschauern, die die Meldungen zuhause am Fernseher erlebten. Allein Eva hätte ihn verstanden, aber sie war selber Opfer, ihr musste er nichts erzählen, sie kannte die Qual dessen, was die anderen als Information sich bieten ließen. Karl war nun Kriegsberichterstatter, er näherte sich der Front, es wurde gefährlich, aber er musste weiter recherchieren.

7

Hellgraue Spinnenfäden ziehen über den blauen Bildschirm ein Netz, das von einem menschlichen Betrachter sofort als räumliche Darstellung eines Gesichtes erfasst wird. Vom Cursor animiert, bewegen sich die Spinnenfäden so, dass man den Eindruck bekommt, das Gesicht bewege sich, der Kopf wende sich von links nach rechts, blicke nach unten und nach oben. Auch wenn sich die Abstände der Linien dabei stetig ändern, bleibt die Vorstellung eines unbeseelten Gesichtes haften. Der Kopf eines Fantomas, eines Spiderman.
Unmittelbar unter dem Bildschirm neben Tastatur und Maus liegt, schräg an einen Buchrücken gelehnt, ein Foto, das sieben Personen zeigt. Zwei erwachsene Männer und zwei erwachsene Frauen, zwei Kinder unter zehn Jahren, eine Jugendliche von etwa fünfzehn, sechzehn, vielleicht auch siebzehn Jahren, eine langgliedrige, zarte, junge Frau. Es ist Sommer, die Menschen sind leicht gekleidet, die beiden Kinder, ein Junge und ein Mädchen, tragen Badesachen. Die beiden Kinder haben eine Schaufel in der Hand. Man steht am Strande eines Sees oder Flusses, im Hintergrund sind Berge zu erkennen. Die Kinder lachen und weisen stolz auf eine Sandburg vor ihnen. Ein in vielen liebevollen Details, mit Wassergra-

ben und Wehrmauern, mit Zugbrücke und Zinnen, herge-
richtetes Kunstwerk. Eine der Frauen und einer der Männer lachen, das Mädchen, die junge Frau blickt, wie der
andere Mann und die andere Frau, sehr ernst.
Betrachtet man die Gesichter genauer, kommt man zu
dem Schluss, dass zwischen einem der Gesichter auf dem
Foto und dem Entwurf auf dem Bildschirm eine Beziehung besteht. Entweder ist das Gesicht Spidermans von
der Fotovorlage eingescannt und nachgebildet worden
oder aber direkt nach dem lebenden Vorbild des lachenden Mannes. Vorstellbar wäre auch, dass das Gesicht des
lachenden Mannes auf dem Foto die leibhaftige Realisation des Entwurfs auf dem Bildschirm ist: Groß und geil.
Auf der anderen Seite des Bildschirmes liegt eine Gesichtsmaske, die man nach sorgfältiger Betrachtung bald
als mögliche Nachbildung des Gesichts der lachenden
Frau auf dem Bild erkennen dürfte. Natürlich wirkt auch
diese Maske unbelebt und unbeseelt, da dort, wo sonst
Mund, Nase und Augen sind, Löcher klaffen, damit der
Maskenträger sehen, atmen und sprechen kann. Bald wird
neben dieser Frauenmaske die fertige Männermaske liegen. Dann wird er den nächsten Schritt unternehmen
müssen. Wird sie dann wissen, wessen Maske er trägt?
Die ihres Vaters. Wird sie dann wissen, wessen Maske er
auf dem Faschingsfest getragen hat? Die seiner Mutter.
Wird sie wissen, dass er, Jörg, unter beiden Masken ge-
steckt hat? Wird sie wissen, warum er tut, was er getan
hat und tun wird? Wird sie sich erinnern? Wird sie wissen, was als nächstes geschehen wird, geschehen muss?
Er ist erinnert worden an etwas, von er dem vorher nichts
gewusst hatte. An etwas, das sein ganzes Leben als
dunkle, schwere Kraft an ihm gezogen, ihn schwerfällig
und dumpf gemacht hatte. Er musste sich befreien von
dieser dunklen Kraft, er musste seine Angst loswerden,
seine Wut. Er musste etwas in Ordnung bringen.

Er betrachtete seine Hände, die Finger lagen neben der Tastatur auf der Schreibtischunterlage und nur die Daumen ruhten auf deren äußeren Längskanten. Mit den Händen hat er die Masken am Bildschirm entworfen, mit den Händen hat er sie gefertigt. Mit den Händen verdiente er seinen Lebensunterhalt. Seine Hände waren schon immer sehr geschickt, seine Hände waren schon sehr frühzeitig fähig, etwas Gesehenes, etwas Vorgestelltes aus formbaren Material zu bilden. Aus seinem ersten Knetkasten mit farbigen Tonwürfeln zauberte er Gebilde, die jeden verblüfften, und seine Sandburgen waren die meist fotografierten an jedem Strand.

Er hob seine Hände an und drehte die Innenflächen nach oben, sah die beiden M in den Linienfalten zusammenfließen, ließ die Daumen einmal um ihre Achse kreisen, streckte dann alle zehn Finger aus, ballte die Fäuste, und lockerte sein Werkzeug, das er immer bei sich trug. Kein Körperteil hat er je so eingehend betrachtet wie seine Hände. Kein Körperteil konnte sich den eigenen Augen in so unzählig vielen verschiedenen Haltungen präsentieren, Hände konnten sprechen. Hände konnten Dramen vollführen. Seiner Hände Arbeit ernährte ihn, indem sie Kunstwerke und Werkstücke herstellten. Mit diesen Händen konnte er sich selbst und andere glücklich machen. Mit diesen Händen hatte er jemanden erwürgt.

Fast wäre das vereitelt worden. Fast wäre er entdeckt worden nach dem ersten Akt auf dem Wege der Wiedergutmachung. Eine Frau hatte ihn angerufen und ihm, ohne ihren Namen zu nennen, geraten, doch besser auf seine Freundin Eva aufzupassen. Und dann hatte ihn noch eine Frau angerufen, von der er in Erinnerung hatte, dass sie bei der Bavaria arbeitete, dass er sie gesehen hatte, als er für eine Maskenspezialanfertigung dort zu tun hatte. Er konnte sich keinen rechten Reim darauf machen. Sollte ihn jemand beobachtet haben, bevor er die Maske in der Toilette aufsetzte?

*

Die Kneipe war voll, nicht unangenehm voll, sondern gerade so voll, dass man sich noch einigermaßen frei bewegen konnte, dass man noch miteinander reden konnte, ohne allzu laut schreien zu müssen. Sie hatte die Kneipe vorgeschlagen. Er hatte keinen Plan, er würde sich auf seine Intuition verlassen.

„Zuerst sind mir deine Hände aufgefallen. Also eigentlich war es so, dass Karl mich nach Fotos von der letzten Faschingsfete fragte, und mir dann wieder einfiel, dass ich euch beide, dich und Eva, auf dem Flur überrascht hatte."

Sie trank einen Schluck und schaute ihn an. Er lächelte:

„Tut mir leid, ich kannte mich nicht so sehr gut aus in der Halle, ich dachte, dort käme niemand vorbei."

„Das ist auch richtig, es ist nicht der kürzeste Weg zur Toilette, zu keiner der Toiletten. Zeig mal deine Hände."

Er lächelte, legte sie auf den Tisch, „sie sind gewaschen, falls du Bedenken wegen der Hygiene hast."

Es war ein alter Holztisch, Buche massiv, mit vielen Einkerbungen und Einfärbungen, worauf seine Hände fast wächsern wirkten. Die Handrücken nach oben ruhten die Hände auf den Fingerspitzen, Daumen und Handwurzel. Sie griff ihn zärtlich bei den Hände, fasste ihn behutsam an den letzten beiden Gliedern der Finger, hob die Hände leicht an und drehte die Handflächen nach oben. Sie nickte und schaute ihn mit großen Augen an:

„Schöne Hände, wirklich sehr schöne Hände. Der Rest war nicht schwer, ich habe überlegt, nachgefragt und ..."

„Dann hast du herausgefunden, dass ich mal bei euch einen Job für eine Skulptur, eine Maske, hatte."

„Ganz recht, so ist es. Und auf der Feier bist du wieder
aufgetaucht in deiner Kostümierung."
Er nickte nur.
„Hat es sich so ergeben, oder hattest du dir vorgenom-
men, Eva zu bumsen?"
Er zog seine Hände aus ihren zurück und legte sie sanft
auf ihre Wangen. Sie ließ ihren Kopf nach vorne sinken,
schloss die Augen und küsste seine Handgelenke, innen,
da wo manche die Rasierklinge ansetzten, um zuzusehen,
wie das Leben aus ihnen pulsierte. Und als sie die Augen
wieder öffnete, sagte er nur leise: „Komm!"
Kaum in ihrer Wohnung angekommen, begannen sie,
Cutty mit dem Rücken an die Türe gelehnt, die Lippen
nur selten voneinander lösend, sich gegenseitig zu ent-
kleiden. Zwischen Stoffblumen und Regenschirmen,
Altglas in einem Weidenkorb, einem Beistelltisch mit
Telefon, Mäntel und Jacken an einem Kleiderständer und
auf dem Boden neben etwa zehn Paar Schuhen, sanken
sie auf einen alten Läufer.
„Ich kann an nichts anderes mehr denken, seit mir die
Erinnerung wieder gekommen ist, seit ich weiß, wessen
Hände das waren, und wer Eva in diese unglaubliche
Verzückung gebracht hat. Und ich wusste, dass es schön
werden würde mit uns beiden, ich wusste es, ah, es ist so
unglaublich schön, streichele mich, fass mich an, ja,
deine Hände so weich auf meinem Brüsten, an meinem
Hals, ja ..."

8

Yvonne war heute da. Sie hatte sich telefonisch angekündigt. „Wir Frauen sollten mal miteinander reden," hatte sie lachend gemeint. Mir war dennoch einigermaßen unwohl, als ich sie unten begrüßte. Bei verschiedenen Anlässen hatten wir uns unterhalten, aber nie wirklich miteinander gesprochen. Sie hat mich früher als mögliche Konkurrentin betrachten müssen, als deutlich jüngere Konkurrentin, und tat das womöglich immer noch.

In meinem abgemagerten Zustand heute war es jedoch ein anderes Verhältnis. Sie kam mir noch größer vor, groß und üppig, sagt Karl immer, so lebendig, wie ich vielleicht auch einmal gewesen war.

Morgens hatte ich die ersten Passagen meiner mündlichen Aufzeichnungen aufs Papier gebracht, was mir auf meinem Laptop erstaunlich leicht von der Hand ging. Man erkennt so vieles wieder und sieht so vieles anders. Als ich das Band zum ersten Male abhörte, war ich manchmal versucht, zu unterbrechen, zu widersprechen und laut auszurufen: „Quatsch"! Und das tat ich mehr als einmal, laut „Quatsch!" sagen. Klar ist mir auch geworden, wie wenig ich angesprochen habe, wie viel noch nachzutragen ist. Mutter. Sie hatte ich nicht allzu häufig erwähnt, aber als ich mich selbst das Wort sagen hörte, erschrak ich. Meine Stimme, natürlich, das kenne ich ja, klingt von einem technischen Gerät abgespielt anders, als wenn ich spreche, ich mich über meine Ohren höre und gleichzeitig meinen Körper als Resonanzkasten habe, so mager dieser Resonanzkasten auch sein mag. Ich habe mehrfach Mutter, Mutter, Mutter sagen müssen, hören müssen, um meine Beklemmung zu vertreiben - wie ein Kind, das im dunklen Keller pfeift. Hätte man mich vor dem Abhören des Bandes aufgefordert, den Inhalt zu wiederholen, mir wäre mit Sicherheit nicht bewusst gewesen, dass ich ihren Namen überhaupt erwähnt hatte.

Auch mit meiner anderen Hausaufgabe bin ich sehr gut vorangekommen. Ich denke, die Liste der Produktionen, bei denen ich dabei war, ist nun vollständig. Es ist schon ganz schön was zusammen gekommen.

Je nachdem, wie man zählte, Serien als einzige Produktion oder jede Staffel oder gar die Folgen, kam ich auf sechzig Titel Minimum. Es waren auch Produktionen darunter, die nie gesendet wurden. Von manchen Sachen habe ich Aufzeichnungen, Szenenfotos oder Bilder von mir und ein paar Schauspielern, Regisseuren, Kritiken aus Zeitschriften, Filmplakate, Drehbücher, auch mal das ein oder andere Autogramm, Requisiten, ich hab mir alles von Karl herbringen lassen. Was ich auf Video hatte, musste noch gesichtet werden. Das fragliche Kostüm hatte sicher mehrfach mitgespielt, ein Foto hatte ich jedoch nicht gefunden.

In den diversen Garderobenfundus, das wusste ich, hing es jedenfalls in verschiedenen Größen und Farben. Da müsste man mal in den Eintragungen nachsehen. Kostümverleih, Änderungsschneidereien, überall konnte Karl nachfragen. Er wird noch eine Menge zu tun haben, und es konnte nur von Vorteil sein, wenn ich seine Frau auf meiner Seite hatte.

Mit Masken sah es schwieriger aus, natürlich hatte es in der ein oder anderen Produktion Faschingsmasken gegeben, Masken bei Überfällen. Aber wer sagte, dass die Maske getragen worden sein musste? Die Masken, die in irgend einer Produktion an der Wand herumhingen, würden wahrscheinlich nicht einmal im Drehbuch oder meinen Aufzeichnungen auftauchen, wenn es ein spontaner Einfall des Regisseurs, der Bühnenbildnerin oder der Requisite gewesen war.

Es war sehr, sehr merkwürdig, so eine Krankheit riss einen wirklich aus dem Leben, als hätte man bereits ein Leben hinter sich. Als säße man als alter Mensch in einem Altersheim, allein mit seinen Erinnerungen.

So alt war ich ja noch nicht einmal, und schon stellte sich heraus, dass das bisschen Vergangenheit, was ich hatte, kaum zu recherchieren war, dass schon jetzt das meiste einfach verloren war, unglaublich! Wie sollte man herausfinden, wann etwas und was falsch gelaufen war? Dabei war das noch leicht. Man hatte ein Symptom, und da konnte man forschen, woher es rührte. Aber was war mit den Sachen, die keine Symptome hervorriefen? Keine sichtbaren Symptome hervorriefen ...

Yvonne war angekommen, ich musste mich beeilen. Konnte Karl gelegentlich den Eindruck machen, von weit her zu kommen, aus dem Weltraum, der Tiefsee, den wüstesten Wüsten, den tropischsten Regenwäldern, den labyrinthischsten Großstädten, kam er doch immer nur aus dem Soap-Cyberspace seines Computers, von seinem Schreibtisch in seinem Arbeitszimmer, aus dem Einfamilienhaus in der Peripherie Münchens. Yvonne ihrerseits hätte aus der Küche kommen können, einem Konferenzraum, einer Intensivstation oder einem Bordell, und wahrscheinlich war ihr Eigenheim in der Peripherie München chens tatsächlich all das für sie: Konferenzraum, Intensivstation, Bordell. Ihr waren fast alle Frauenrollen wie auf den Leib geschrieben. Ich dagegen ...

Ich zeigte ihr als erstes ein Foto eines Kostüms, das dem Faschingskostüm ähnlich war, mit der Bemerkung, dass dieses Kostüm eine ziemlich wichtige Rolle in meinem Leben spielte. Sie lachte, auch ihre Mutter habe sicher früher ein solches Kostüm getragen, sie selbst jedoch nie. Sie strich sich über die Taille: „Bei der Figur. Und ich war immer schon gut dabei!"

Sie trug eine blaue Samthose, an den Waden kurz und eng geschnitten, geschlitzt, eine weite, rot und weiß gestreifte Bluse, die bis zu den Oberschenkeln reichte. Sandaletten, keine Strümpfe. Wir machten uns gegenseitig ein paar Komplimente und fanden es sehr bedauerlich, dass die meisten Frauen nicht mit ihrer Figur einverstanden waren. So wie ich, und im Gegensatz zu ihr. Yvonne war keine von den am Arsch und an den Oberschenkeln Fetten. Sie war groß, einsachtzig, schätze ich, was sich immer gut machte, und insgesamt einfach kräftig, sie wog mit Sicherheit doppelt so viel wie ich.

„Entschuldige, Eva, aber ich habe das Gefühl, dass du nicht hierher gehörst. Es mag ja nett hier sein, aber lass uns doch ..."

Konnte sie auch Gedanken lesen? Wir haben uns jedenfalls aufgemacht zum See. Sie hielt es nicht am Ufer, sie wollte auf ein Schiff, sie wollte hinaus aufs Wasser, sie wollte ans andere Ufer. Ich fing an, sie zu bewundern. Sie war energiegeladen, sie hatte einfach eine positive Ausstrahlung, wenn sie gut drauf war. Ich hatte sie ja auch schon anders erlebt.

Als wir in Starnberg an der Anlegestelle der Bayerischen Seen Schifffahrt ankamen, war es kurz nach zehn, und ein Schiff, es war die „Seeshaupt", sollte in gut zwanzig Minuten abfahren. Die Schlange an der Anlegestelle war schon recht lang; das Wetter war nach dem Sturm wieder schön geworden, wenn auch leichter Fön herrschte. Wir standen nun vor der Entscheidung, ob wir nur die nördliche oder die große Rundfahrt, oder vielleicht nur eine Fahrt zu einer der Anlegestellen nahmen, dort an Land gingen und später wieder mit dem Schiff zurück fuhren.

Yvonne entschied, die Große, was sonst. Sie lud mich zum Essen auf dem Schiff oder an Land ein. Die Tour würde drei bis drei und eine halbe Stunden dauern, wenn wir keinen Landgang einlegten. Wir hatten ja Zeit bis zum Abend. Ich fühlte mich gut in ihrer Gegenwart, also war ich einverstanden.

Wie oft war ich als Kind mit meinen Eltern und den Herzogs, dem Jörg und seiner großen Schwester Sandra hier gewesen. Zu Badenachmittagen und Bootsfahrten, zu Spaziergängen und Wanderungen, zu Nachmittagen in Biergärten, zu Besichtigungen all der Ludwig- und Sissi-Memorabilia, den Klöstern und Schlössern. Hier war ich groß geworden.

„Ich fahre gern übers Wasser. Karl und ich sind ja am Rhein geboren und aufgewachsen.“

Hatte Karl das mir gegenüber mal erwähnt?

„Was schaust du so, Eva? Wusstest du das nicht? Ja, wir sind aus dem Rheinland hierher gekommen, Karl und ich. Vom Niederrhein. Hat er dir das nicht erzählt? Worüber sprecht ihr denn eigentlich?“

Sie verstummte abrupt, ich spürte, dass sie sich ärgerte, weil sie sich eine Blöße gegeben hatte. Sie fächelte sich Luft zu, sie war ins Schwitzen gekommen und eine leichte Röte stieg in ihr Gesicht. An dem Punkt wurde mir klar, dass sie mich aus einem bestimmten Grunde besucht hatte. Und so sehr ich auch nachdenke und mir alles in Erinnerung rufe, was sie sagte und mich fragte, wie sie sich benahm, ich komme nicht darauf. Einfach nur Eifersucht, na ja, ich weiß es nicht. Im Nachhinein fällt mir auf, dass es dauernd diese starken Umschwünge gab, mal fühlte ich mich sehr wohl und empfand eine große Nähe zu ihr, einen Augeblick später wusste ich nicht, warum sie gekommen war und was sie von mir wollte, und dann bekam ich Angst vor ihr. Aber bevor ich etwas sagen konnte, meinte sie:

„Entschuldige, das war jetzt ziemlich blöd von mir. Es ist ja auch schon so lange her, fünfzehn Jahre ungefähr. Jedenfalls ist es sehr schön hier und ich weiß gar nicht, warum wir so selten herkommen. Ich nehme an, Karl fährt häufig mit dem Rad durch die Gegend, aber ...“
Um ihr anzuzeigen, dass ich ihr die Bemerkung nicht verübelte, fragte ich sie danach, wie und wo sie sich eigentlich kennen gelernt hatten, Karl und Yvonne. Sie hatten sich auf einem Kongress kennen gelernt, sie waren Delegierte, sie als Übersetzerin, er als Schriftsteller, in irgend einem schicken Hotel haben sie es dann miteinander getrieben, als ich noch gar nicht auf der Welt war. Ich erzählte ihr, dass ich hier aufgewachsen bin, zählte ihr die Sehenswürdigkeiten auf, und dann lachten wir wieder, als aus dem Lautsprecher japanisch die Schönheit des Sees, der Landschaft und der Denkmäler erläutert wurden.
Ganz begeistert war sie vom Paradies, das mit den Baumgruppen, bestehend aus mittlerweile mächtigen Eichen, Buchen und Fichten, im Park auch wirklich bezaubernd aussah und bei mir viele Kindheitserinnerungen wachrief; wie oft waren wir da zum Baden. Meine Eltern. Jörg und Sandra und deren Eltern. Aber das waren nur sehr verschwommene Erinnerungen. Schon als ich dreizehn, vierzehn war, gab es das alles nicht mehr, wahrscheinlich, weil ich in die Pubertät kam, erwachsen und selbständig wurde. Familienleben oder Gemeinschaftsausflüge mit den Herzogs oder anderen Familien war nicht mehr. Ich habe das damals als Befreiung empfunden, die Erwachsenen machten mir Angst. Und der endgültige Schluss all diesen heiteren Lustbarkeiten und sorglosen Vergnügungen der Kindheit, oft auch mit tragischen und geheimnisvollen Beimischungen, war schließlich Sandras Tod. Tragisch. Ich wusste gar nicht mehr, ob das ein Unfall war oder sie sich umgebracht hatte. Aus Liebeskummer, sie war ja ein ganzes Stück älter, sie muss sechzehn, siebzehn gewesen sein damals. Tragisch. Aber

sie war nicht ins Wasser gegangen wie Ludwig, sie war abgestürzt, weshalb man auch nie genau sagen konnte, ob es ein Unfall oder Selbstmord oder vielleicht sogar Mord war. Darüber haben wir Kinder zwar unter uns getuschelt, wenn kein Erwachsener dabei war, aber wir wussten nur das, was wir aufschnappen konnten, und machten unsere eigene Version daraus.

„Sissi soll übrigens auch hier gebadet haben. Da drüben, auf Schloss Possenhofen, hat sie ihre Jugend verbracht."

„Meine, unsere älteste Tochter, lebt auch an einem See, sie arbeitet in Genf als Übersetzerin, wie ich." Sie lächelte, „als Übersetzerin an einem See."

Ich fühlte mich aufgefordert, ihr anzuzeigen, dass ich ihre Anspielung verstanden hatte und meinte: „Für eine Übersetzerin an einem See wird es immer etwas zu tun geben."

„Ja, und eigentlich ist sie mehr als Übersetzerin. Sie kontrolliert die Form der Übersetzung. Also, sie arbeitet mit an der Übersetzung internationaler Verträge, und da geht es ja dann wirklich um die Feinheiten. Die Ausformulierung des Vertrags in den verschiedenen Übersetzungen ist oft langwieriger und schwieriger als die politische Einigung über den Vertrag als solchem. Von den Einnahmen aus meinem Übersetzungsbüro habe ich am Anfang die Familie ernährt, Karl hat damals auch mit übersetzt."

Yvonne war ganz stolz, legte den Arm um mich, strahlte ihr glückliches Lächeln aufs Wasser, ganz nach dem Motto „Mädel, wir verstehen uns, was kann uns schon passieren, dich bekomme ich auch noch auf den richtigen Dampfer, lass nur meinen Karl in Ruhe!"

Und tatsächlich, ich hatte für einen Moment wieder das Gefühl, dass alles ganz einfach war, dass ich mir keine Sorgen mehr zu machen brauchte. Ich fühlte mich von ihr verstanden und geliebt, ich war in diesem Moment voll von einem überwältigenden Gefühl der Geborgenheit, wie ich es bei meiner Mutter nie empfunden hatte.

„Als Mutter sollte man so etwas ja nicht sagen, denn natürlich lieben Karl und ich unsere vier Mädels über alles. Und trotzdem, na ja, Rebecca ist mir einfach am nächsten, ich weiß nicht, wieso. Und Karl, der ist ja ganz vernarrt ...“

„In Alice.“

„Richtig, Ali ist sein Liebling. Die beiden verstehen sich so gut, dass ich manchmal eifersüchtig bin.“

Wir sind nicht in Seeshaupt an Land gegangen, sondern erst in Ambach, wo wir in einem Biergarten eine Kleinigkeit aßen. Diese Kleinigkeit fiel uns beiden schwer. Yvonne, weil sie sich mit der Kleinigkeit begnügen musste, mir fiel es schwer, wenigstens die Hälfte der Kleinigkeit runter zu bekommen. Nach dem Essen schien sie wieder etwas unpässlich zu sein, um es einmal so auszudrücken, sie war vorübergehend nicht in der Lage, meinen Worten zu folgen.

9

Als Yvonne nach Hause kam, hatte sie einen richtigen Heißhunger. Karl war mit dem Rad unterwegs gewesen, es lehnte an der Garagenwand, total verdreckt, sein neuer Stolz. Vollgefedert, vierundzwanzig Gänge, Scheibenbremsen und was er ihr nicht noch alles erklärt hatte. Er musste durch Gelände gefahren sein, das nach dem Sturm noch völlig aufgeweicht war. Das war ganz gut so, dachte Yvonne, dann hatte er auch ordentlich Hunger und sie konnten zusammen etwas essen gehen.

Sie lief gleich durch zu seiner Einliegerwohnung, die Klamotten hatte er draußen vor der Türe liegen lassen. Es war nicht Ärger, was Yvonne empfand, als sie seine schmutzige Wäsche sah. In ihren Heißhunger schlich sich eine begehrliche Komponente, von der sie wusste, dass sie ihren Appetit noch steigern würde. Sie ging weiter und spürte, wie ihr Herz zu pochen begann. Ein paar Mal war ihr heiß geworden, sollten das erste Hitzewallungen der kommenden Wechseljahre gewesen sein? Oder war der Fön dran schuld? Wie hatte sie nur glauben können, ihr Karl habe etwas mit Eva? Mit diesem kranken, kleinen Etwas, diesem hilflosen Insekt. Karl wollte etwas ganz anderes, und dieses ganz andere würde er bekommen, würde er jetzt gleich bekommen.

Auf dem Tisch stand eine fast geleerte Bierflasche, die noch von der Kälte feucht beschlagen war, so schnell hatte er getrunken, bevor er unter die Dusche gesprungen war. Yvonne legte leise ihre Handtasche beiseite, fing an, ihre neue, rot und weiß gestreifte Bluse aufzuknöpfen. Dann legte sie den BH ab.

Der Duschstrahl war verstummt, und sie hörte Karl laut grunzen: „Oah, ist das geil!" Sollte er etwa? Nein, er kam sofort in sein Arbeitszimmer, das Handtuch locker auf Kopf und Schultern. Er stutzte, als er seine Frau halbnackt mitten im Zimmer stehen sah.

„Äh, hallo, Yvonne."

„Hallo, Karl."

„Ähm, wolltest du duschen?", fragte er mit einem Kopfdeuten, und Yvonne spürte seinen gierigen Blick auf ihrem Körper, den ein wohlig warmer Schauer überlief. Unsinn, Wechseljahre, ihr Körper war in voller Blüte!

Sie hatten beide ihre Souveränität zurückgewonnen und wussten, wie sie ihr Spiel weiterzuspielen hatten. Yvonne begann, den Reißverschluss ihrer Hose herunter zu ziehen: „Ja, warum nicht, hinterher."

Sie fielen geradezu übereinander her. Yvonne genoss es, dass sie Karl hatte überraschen können, denn das war nicht leicht. Immer, wenn er auf sie zu kam, an ihr vorbei ging, sie am Tisch zusammen saßen, hatte sie das Gefühl, wenn ich ihn jetzt anmache ... Und oft genug hatte sie ihn in ganz ungewöhnlichen Situationen angemacht und nie hatte er sich verweigert. Aber am schönsten war es, wie jetzt, wenn sie selbst plötzlich und völlig unerwartet von unbändiger Lust heimgesucht wurde, und er genauso wenig daran dachte. Dann hatte sie das Gefühl, dass er sie wirklich liebte, dass er immer für sie da war. Dass sie jederzeit alles von ihm verlangen konnte.

Es klingelte. Karl küsste sie auf den Mund, beide Brustwarzen, den Bauchnabel, zog seine Shorts und ein T-Shirt über und war weg. Yvonne hörte leise Stimmen. Karl hatte offensichtlich einen oder mehrere Besucher ins Wohnzimmer geführt, Nachbarn vielleicht, nächste Woche sollte das Straßenfest stattfinden, einer von seinen Kumpels? Yvonne genoss den Gedanken daran, wie Atem beraubend jeder Mann den Anblick hätte empfinden müssen, sie hier mitten in Karls Arbeitszimmer auf dem Teppich nackt liegen zu sehen, ihre Kleidungsstücke um sie herum verstreut. Jeder wäre kurzatmig geworden, wie sie heute schon mehrmals.

Sie musste zum Arzt gehen. Wenn es wirklich die Wechseljahre sein sollten, musste sie sofort reagieren. Aber nein, sie war feucht gewesen wie mit zwanzig. Und wenn doch, es gab Präparate, Hormone, Vitamine. Sie spürte sein Sperma langsam aus ihrer Scheide sickern und unterließ den Griff zum Taschentuch. Wie eine langsam versiegende Schlammlawine, letzte Spuren einer Moräne, sickerten seine und ihre Säfte aus ihren Schamlippen heraus, durch ihr Schamhaar, und waren schon vertrocknet in der Einkerbung zwischen Gesäß und Oberschenkel. Es war sein Zimmer, sein Teppich. Sie würde liegen bleiben, die Augen schließen und warten, bis er wieder kam. Vielleicht blieb der Nachbar ja lange genug. Dann wäre Karl bald wieder bereit, und danach würden sie schön Essen gehen. Üppig essen, bayerisch essen, sie würde sich nicht zurückhalten wie vorher bei Eva. Nein, sie wollten vergnügt sein, ein wenig verliebt, er würde ihr liebe Dinge sagen, ihr Komplimente machen, er konnte so lieb sein, wenn er wollte.

„Yvonne?" Karl stand in der Tür: „Kannst du mal kommen, bitte?" Sie blickte ihn fragend an und erhob sich. Schlüpfte in Hose und Hemd, von dem sie die obersten drei Knöpfe offen ließ. Er schien nicht drauf zu achten.

„Da sind welche von der Kriminalpolizei." Er drehte sich um und sie lief ihm nach. Kriminalpolizei?

Die zwei Herren standen vom Sofa auf und reichten ihr die Hand. Sie lächelten. Und Yvonne wurde es heiß. Was für ein Bild gaben sie da ab? Karl in seinen weiten Boxershorts und T-Shirt, sie mit fast zum Bauchnabel offener Bluse. Sie knöpfte sie zwei weitere Knöpfe zu. Andererseits, sie waren verheiratet und konnten zu Hause tun und lassen, was sie wollten.

„Yvonne," fing Karl an. „Die Herren wollen wissen, ob jemand vor drei Tagen ein Gespräch auf meinem Apparat angenommen hat, nachmittags ..."

„Als du Eva besucht hast?"

„Ja."

„Und zwar," meldete sich nun der jüngere der beiden Polizisten zu Wort, „genau um 15 Uhr 23. Waren Sie da zu Hause?"

„Ich denke schon." Yvonne bekam eine erneute Hitzewallung, sie hatte kein Gespräch entgegen genommen, sie hatte aber mitbekommen, als das Gespräch auf Karls Anrufbeantworter aufgezeichnet wurde; und sie hatte es gelöscht.

„Haben Sie um die Uhrzeit ein Gespräch entgegen genommen?"

„Nein, ich habe nachmittags eine Maschine Wäsche aufgesetzt, Jeans, und da war ich wohl in Karls Zimmer, um seine schmutzigen zu holen, aber ..."

„Lassen Sie uns doch bitte mal das Telefon sehen."

Sie marschierten hinter Karl ins Zimmer, wo sie schnell ihr Höschen und den BH aufhob. Mein Gott, dachte Yvonne, war das peinlich. Aber so kamen die Polizisten wenigstens nicht auf die Idee, ihre Verlegenheit anders zu deuten. Sie würde weiter lügen müssen, sie musste.

„Ja, mit Anrufbeantworter. Lassen Sie doch mal hören."

Karl drückte, aber es war kein Gespräch aufgezeichnet. Die Polizisten fragten noch nach diesem und jenem, was

Yvonne kaum mitbekam, und bevor sie recht wusste, was überhaupt los war, waren die beiden Männer schon wieder verschwunden. Yvonne hatte schreckliche Gewissensbisse. Sie musste Karl beichten. Mein Gott, sie war halt eifersüchtig, ein wenig eifersüchtig, das war doch völlig normal.

„Ist das schlimm mit dem Telefon“, wollte sie wissen, „was ist denn überhaupt passiert?“

„Nein, ich hatte denen schon gesagt, dass ich die Aufzeichnungen auf dem Anrufbeantworter seit Montag zwei oder drei Mal bereits gelöscht habe. Kann ja sein, dass ich aus Versehen das fragliche Gespräch gelöscht habe, ohne es abgehört zu haben.“

Es entstand eine Pause, Karl ging ins Bad, um sich zu waschen, sie zog Hemd und Hose aus, stellte sich kurz unter die Dusche, ohne die Haare nass werden zu lassen. Dann musste sie es ihm sagen.

„Karl, ich habe das Gespräch abgehört und gelöscht, es war von einer Kathi.“

„Katharina, Cutty, unsere Cutterin, die vorgestern ermordet worden ist!“

„Oh Scheiße! Davon wusste ich nichts, Karl, warum hast du nichts erzählt?“

„Erzähl du mir erst mal, was sie gesagt hat.“

Sie erzählte ihm, dass die Frau gesagt habe, Karl müsse sich keine Gedanken mehr um seine geliebte Eva machen. Sie wisse jetzt, wer der unheimliche Stecher auf dem Flur gewesen ist, der Magier mit der Maske, sie habe sich mit ihm verabredet.

„Ist das schlimm, Karl. Sollen wir das der Polizei sagen?“

"Nein,“ schüttelte er nach einer langen Pause den Kopf, „das war schon richtig, dass du nichts gesagt hast. Die würden sicher die falschen Schlüsse ziehen.“

„Welche falschen Schlüsse, Karl?“

„Ich weiß selbst noch zu wenig, ich muss versuchen, mehr herauszubekommen. Was ich weiß, ist, dass der

Magier mit der Maske der Mörder ist, und dieser unheimliche Stecher hat mal was mit Eva zu tun gehabt. Ich muss herausbekommen, was."

Er machte auf einmal einen sehr entschlossenen Eindruck und fragte sie:

„Hast du Hunger, Yvonne?"

Ja, sie hatte Hunger, und es erleichterte sie, dass er ihr nicht böse zu sein schien.

„Ich hab ein bisschen was eingekauft." Er ging zu seinem Angeber-Kühlschrank, griff zwei Flaschen Bier heraus, zwei Steaks, einen Salatkopf und ein Ciabatta in der Plastiktüte zum Aufbacken.

„Prost, Yvonne."

„Prost, Karl, ich bin so froh, dass du nicht sauer auf mich bist. Ich liebe dich."

„Ich liebe dich auch, Yvonne. Wir werden das schon hinbekommen. Und vielleicht sollten wir in Zukunft öfter miteinander reden."

„Ja, Karl, das sollten wir tun. Und du hast doch für unser Nachbarschaftsfest alles bestellt?!"

„Ja,ja. Bier, also Getränke, Würste und Fleisch für dreißig Leute. Ist alles bestellt, wird gebracht, beziehungsweise hole ich dann ab."

„Brot, Karl, wir brauchen auch Brot, du weißt doch!"

„Ach ja, richtig."

„Hast du bestellt?"

„Äh, ja, das heißt nein. Mach ich morgen."

10

Es sollte ein langer Tag werden, ein harter Tag, aber
wenn die nächsten vierundzwanzig Stunden heil über-
standen waren, dessen war sich Karl sicher, sollte einiges
klarer geworden, sollte er ein gutes Stück voran gekommen sein. Er suchte seinen Kram zusammen, räumte die
Reste des Frühstücks weg, die Gläser und Flaschen, roch
noch einmal an ihrer Unterwäsche und suchte sie im
Haus, um sich von ihr zu verabschieden.
„Vergiss nicht, das Brot zu bestellen, Karl. Brezeln, Ba-
guette, Ciabatta und Bauernbrot."
Warum, dachte er, rief sie nicht einfach da an? Aber es
war besser, wenn er nicht danach fragte. Gerade solche,
sollte man meinen, banale Fragen, lösten oft eine unglaubliche Welle von Vorhaltungen, Unterstellungen und
Gegenfragen nach seinem Geisteszustand aus.
Als erstes musste er aufs Präsidium, die Kommissare
hatten ihn gebeten, sich die Sammlung von Cuttys artifi-
ziell verwackelten Aufnahmen der Mini-Cam anzusehen.
Die Polizei hatte nach drei, vier Freiwilligen im Studio
gefragt, und Karl hatte sich bereit erklärt, wie dann auch
Alex und einer von den Lichttechnikern und eine aus dem
Verwaltungsbüro der Produktionsfirma. Karl versprach
sich nicht viel von diesen Aufnahmen, aber schaden

konnte es nichts, außerdem begriff er das als Vertrauen bildende Maßnahme gegenüber der Polizei, immerhin hatte Cutty ihn letztens angerufen, immerhin wusste Karl vermutlich einiges mehr als die Polizei, denn er glaubte und hoffte, dass die Kommissare noch keine Verbindung zwischen den Fällen „Eva Kupper" und „Katharina Süß" hergestellt hatten.

Danach würde er sich mit der Kulla unterhalten können, bevor dann am frühen Nachmittag sich der Produktionsstab und das Autorenkollektiv trafen. Anschließend hoffte er, mit Alex den Abend verbringen zu können. Auch sie musste er dringend befragen. Den Gedanken, sie könnte gefährdet sein, versuchte er zu verdrängen. So lange er jedoch nicht wusste, warum das, was mit Eva und Cutty geschehen war, geschehen war, gab es genügend Spielraum für Spekulationen, genügend Indizien, die es ihm nahe legten, die Befürchtung, Alexandra könnte in Gefahr sein, nicht völlig auszuschließen.

Und danach würde er die ganze Nacht durch arbeiten müssen, er war zu sehr in Verzug geraten mit der Realisation seiner Storyline. Als er mit seinem Wagen rückwärts aus der Garage setzte, machte sich ein Grinsen auf seinem Gesicht breit. Wenn Alex ihn würde verführen wollen, würde er sich bedauernd verweigern müssen, und sie würde mit Rücksicht auf die Arbeit, die Produktion, auf eine Nacht mit ihm verzichten. Zumindest vorläufig. Dabei, sofort beschlich ihn das schlechte Gewissen, hatte er doch mit Yvonne mal wieder eine wirklich tolle Nummer erlebt, dabei liebte er Yvonne. Er liebte sie wirklich, ja, das tat er. Sie war eine tolle Frau, sie konnte leidenschaftlich sein, sie war mit Abstand die beste Frau, mit der er je Sex gehabt hatte. Und der Sex war im Laufe der Jahre, Jahrzehnte besser geworden; es hatte wahrlich atemberaubende Höhepunkte gegeben, vor allem in letzter Zeit.

Er hatte allerdings auch mit keiner anderen Frau so viele Enttäuschungen erlebt, überhaupt mit allen anderen Frauen zusammen nicht annähernd so viele Geschlechtsakte erlebt. Und sie war die Mutter seiner Töchter, sie war da, wenn es ihm beschissen ging, sie ließ ihn in Ruhe, wenn er Ruhe brauchte. Aber, verdammte Scheiße, wenn er eine Frau wie Alex sah, dachte er nur an eins, und wenn er die Möglichkeit hätte, mit ihr ins Bett zu steigen, eine Nummer im Auto oder in den Kulissen zu schieben, auf dem Klo, egal!, er würde sie ficken, und es würde nicht das Geringste an seiner Einstellung zu Yvonne ändern. Basta.

Aber Alex würde nichts mit ihm anfangen wollen, das sah er schon realistisch, sie würde ihn vielleicht, aus Generosität oder um ihm zu zeigen, was sie alles so drauf hatte, *mal ranlassen*. Damit er sähe, was für ein bescheiden kleinbürgerliches Sexleben er doch zu führen gezwungen war.

Es konnte jedoch auch ganz anders sein. War sie womöglich lesbisch? Nein, das wüsste er, das wäre bekannt. War sie kalt, langweilig und phantasielos im Bett? Betrachtete Sex nur als Mittel, um die Karriere voranzutreiben? Komisch, ging es ihm durch den Kopf, von ihr kursierten eigentlich gar keine Gerüchte, es gab überhaupt keine Spekulationen über ihr Sexleben. Hatte sie vielleicht gar keins?

Als er aus der Ausfahrt auf die Straße einbog, zischte Alice vor ihm auf ihrem Roller davon, mit einem eleganten Schlenker, den sie ihrem Vater abgeschaut hatte. Prima Mädel, dachte Karl.

Und Yvonne warf ihm von der Haustür aus ein Kusshändchen zu. Das hatte es ja noch nie gegeben. Sie war von ihrem PC und ihren Übersetzungen aufgestanden, um ihn zu verabschieden. Was war nur los mit ihr? Okay, sie hatte ein schlechtes Gewissen, weil sie seinen Anrufbeantworter abgehört und das Gespräch von Cutty gelöscht hatte. Das könnte auch ihren Besuch bei Eva erklären. Andererseits war sie schon seit einiger Zeit verändert, wurde ihm jetzt klar, sie war so unglaublich freundlich zu ihm, sie war gerade zu sanft geworden. Und die Nummer gestern in seinem Arbeitszimmer, Himmel, so scharf hatte er sie seit Jahren nicht mehr erlebt, hemmungslos. Sie liebte ihn einfach. Er war ihr Mann des Lebens, sie seine Frau fürs Leben. Oder waren es die Hormone? Sie war doch nicht etwa schwanger? Bei allen ihren früheren Schwangerschaften war sie unglaublich launisch gewesen, und jedes Mal standen sie kurz vor der Niederkunft auch kurz vor der Trennung. Ob sie in die Wechseljahre kam? Wenn die dann so weiter gingen, wie sie gestern Nachmittag angefangen haben, dachte er, soll mir das recht sein.

Waren Männer und Frauen so verschieden? Wenn man Mann und Frau in einer sexualisierten, also auf Fortpflanzung bedachten, Welt sah: JA. Da mussten sie die absoluten Gegenpole sein. Die Frau mit ihrem intensiven Brutpflege-, der Mann mit seinem extensiven Fortpflanzungsdrang. Und die Liebe, das kultivierte Vehikel, mit der juristischen Formalisierung der Ehe.

Etwas wirklich anderes wäre es, wenn zwei völlig sexlose Wesen durch die Welt tappten, einander kennen lernten, sich in einander verliebten, den Sex erfänden, weil sie der Auffassung sind, wir beide sind so genial, wir müssen für uns den Sex, die Fortpflanzung erfinden. Vielleicht war das ja mal Adam und Eva vergönnt, aber seit der ersten Nummer war das nicht mehr möglich. Keiner musste die Liebe erfinden, sondern nur jemanden für die Liebe finden. Das machte es einfacher und komplizierter zugleich. Einfach und kompliziert. Adam und Eva. Eva, zurück zu Eva! Selbst bei ihr überfielen ihn sexuelle Phantasien. Wie sie sich ihm an den Hals warf, verzweifelt, krank, bereit, ein letztes Mal und verzweifelt mit voller Hingabe zu lieben. Und dann gab es Momente, in denen sich Karl als Verweigerer sah. Eva, verzeih, aber ich glaube, es ist besser, wenn wir es nicht tun. Ich kann deine Situation nicht ausnutzen, ich hätte Angst, dir wehzutun, es könnte dir schaden, wenn du zuviel Hoffnung auf mich setzt.

Karl war kein Kommissar, er war kein Privatdetektiv, er war Schreiberling, Dramatiker, Serien- und Soapautor. Warum also die Geschehnisse um Eva nicht dramaturgisch analysieren, dramaturgisch weiterspinnen? Nehmen wir mal an, begann er seinen Gedankengang, in der Storyline hätte man festgelegt, dass es eine Verknüpfung geben sollte mit ihm und Eva, die gab es ja, also würde man wollen, dass sie miteinander schlafen, klar, was sonst. Mehr wäre nicht vorgeben, vielleicht noch, ob es gut oder bösen ausgehen sollte, aber das wäre es auch schon gewesen. Die Dialogleute mussten dann sehen, wie sie damit klar kamen, wie sie es außerdem hinkriegten, spätestens alle zwanzig Minuten einen Cliffhanger zu präsentieren, zu den Werbeeinblendungen nach Möglichkeit, zum Episodenende auf jeden Fall.

Also: Eva und er würden miteinander schlafen, in der Soap wohlgemerkt, damit wäre dann ein Motiv, eine Begründung für die Maskennummer gegeben, könnte als Clou und Cliffhanger präsentiert werden. Karl hat das alles inszeniert, um Eva in eine Krise zu stürzen, die sie ihm als leichtes Opfer in den Armen und im Bett serviert. Aber das wäre lasch, fad, langweilig, wie sollte es danach weitergehen? Das wäre ja völlig schwachsinnig! Er käme doch niemals auf die Idee, einen jungen Typen auf Eva anzusetzen, der sie vögelte, der ihr es womöglich besser besorgte als er selbst es dann könnte.

Da müsste man schon wieder einen ganz neuen Strang erfinden. Es sei denn, da gäbe es eine Geschichte hinter der Geschichte, er, Karl, wäre auf irgend eine Art und Weise unter Druck gesetzt worden, hinters Licht geführt und manipuliert worden, ohne dass er es wusste. Eva könnte mal mit einem Muslim verheiratet gewesen sein, der sich rächen will. Oder einfach ein Psychopath, der in der Rückblende mit einer der Figuren zu verknüpfen wäre. Am besten mit Yvonne, Alexandra, vielleicht Cutty. Das war der Punkt: Personen und Ereignisse richtig miteinander verknüpfen. Ein Motiv konnte man immer finden, eine Vorgeschichte nachliefern, Tote zum Leben erwecken. Dramaturgisch war nichts unmöglich. Man hätte die ganze Welt zusammenbrechen lassen können, es musste nur gut sein, es musste unterhalten, es musste die Leute am Bildschirm halten.

Aber diese Storyline brachte ihn nicht weiter, er wusste ja, dass er nichts mit den Faschingsereignissen zu tun hatte. Er musste andere Plots ersinnen.

Also. Die Storyline gab vor, A will sich an B rächen, C will B ins Bett bekommen, D will B eliminieren, um A in die Arme von D zu treiben. Ach, alles Scheiße. E will B ruinieren, um F in der Karriere voran und in sein Bett zu bringen. Höhere Mathematik.

Es war viel einfacher und reizvoller, eine eindeutige, wenn auch wenig detaillierte Vorgabe der Storyline zu haben und sich dann lustige Wendungen, nette Verwicklungen, spritzige Dialoge auszudenken, auch wenn alles noch so abstrus war. War die Folge zu Ende und hatte unterhalten, fragte keiner mehr, ob irgend ein Motiv plausibel war. Selbst bei Conan Doyle und in seinen Sherlock Holmes Geschichten, die ja von der spitzfindigen Ermittlungstätigkeit lebten, von logischen Schlüssen, gab es jede Menge Unsinnigkeiten, Widersprüche. Von Dr. Watson wird erzählt, dass er einen Streifschuss an der Schulter erlitten hat, im Hund von Baskerville, wenn sich Karl recht erinnerte, und an späterer Stelle heißt es dann, dass die Schusswunde am Knie war. Hatte Conan schlampig gearbeitet oder war die Kugel vielleicht doch in die Schulter eingedrungen und durch den Körper an das weit entfernte Knie gewandert. Derlei war in der Medizin sehr wohl bekannt.

Die Ermittlungsarbeit in einem Verbrechen, ging Karl durch den Kopf, war wie Schreiben am falschen Ende des Drehbuchs, an einer Szene, die längst abgedreht und gesendet war, war eine Szene im falschen Film. Die Täter im wirklichen Leben scherten sich nicht um Dramaturgie oder Ökonomie. Keine Produktion würde es durchgehen lassen, wenn wegen nur eines Verbrechens, das in Folge 24 begangen wurde, neues Personal, ein ganz neues Milieu eingeführt werden musste. Vielleicht sollte er dem Kommissar doch erzählen, was er wusste, einfach alles erzählen. Aber was wusste er?

Was vor den Kameras und auf dem Bildschirm geschah, war immer Drehbuch, Dramaturgie, Ökonomie. Die wesentlichen Dinge geschahen hinter dem Bildschirm, ohne Kamera. Aber die Leute waren ja so blöd, Karl musste lächeln, dass sie sich nicht nur durch die verworrensten Serien unterhalten ließen, nein, sie wollten selbst einmal vor die Kamera, auf den Bildschirm, ihr Sexleben ausbreiten, die Tragödien und Dramen ihres eigenen, beschissenen, kleinen Lebens. Und hatte es nicht einen Warhol gegeben, der behauptet hatte, jeder Mensch werde einmal in seinem Leben für ein paar Minuten Star sein? Und hatte es nicht einen Beuys gegeben, der meinte, jeder sei ein Künstler? Scheiße! Hatte denn jeder das Recht, ein Mörder zu sein? Hatte jeder das Recht, einmal im Leben bei einer von den Medien übertragenen Aktion Star, Künstler, Mörder zu sein? Nicht auszudenken, was die Namenlosen und Unbedeutenden sich alles einfallen lassen müssten, um aufzufallen, um die Aktion der Vorgänger zu überbieten.

Karl war angekommen, mit gut einer halben Stunde Verspätung. Er war die ganze Zeit nur stockend voran gekommen, was er überhaupt nicht bemerkt hatte, weil er so in seinen Gedanken gefangen war. Erst als er auf dem vollbesetzten Parkplatz die dritte Runde drehte, kam er zu sich und fragte sich bestürzt, wo bist du hier und was

machst du? Waren das die ersten Anzeichen von Alzheimer? Hoffentlich nicht. Er lebte davon, sich völlig in seinen Gedanken zu verlieren, Dialoge auszuleben in allen nur denkbaren Varianten. Er lebte von seiner Phantasie, seiner unerschöpflichen. Seine Phantasie hatte ihn noch nie im Stich gelassen. Wenn das Alzheimer war, dann war es eben so.
Schluss jetzt, sagte er halblaut, parkte den Wagen in der zweiten Reihe und eilte zum Eingang.

11

Das Zimmer war im Stil der fünfziger Jahre des zwanzigsten Jahrhunderts eingerichtet, alles sehr schlicht und einfach, selbst der Kitsch war längst verblasst. Noch kein Anflug von Nierentischen und pastellfarbenem Plastik der Sechziger. Das Holz der Möbel war dunkel geworden, fast schwarz. Polsterbezüge, Vorhänge und andere Stoffteile waren braun, dunkelrot oder schwarzgrün. Der röhrende Hirsch über dem Sofa fehlte ebenso wenig wie wahrscheinlich das Bild des Schutzengels, der mit vergilbten Schwingen im Schlafzimmer hing und ein Geschwisterpaar im Gebirge vor dem Absturz bewahrte.
Museum, dachte Karl, das ist ein Museum. Und die Kulla war was darin? Selbst ein Ausstellungsstück oder die Wärterin? Sie war barfuß und ungeschminkt, trug eine Brille, eine weite Baumwollhose und einen noch weiteren Pullover. Sie lächelte, während Karl in einem der Korbsessel Platz nahm, und sie in die kleine Küche ging, Kaffee zu kochen. Er wusste, dass sie hier nur während der Dreharbeiten wohnte. Wenn er sich recht erinnerte, hatte sie ein Häuschen an der Nordsee. Auf jeden Fall war das hier von der Hektik des Studios und der Sets mindestens genau so weit weg wie die Nordsee. Nichts zu spüren war auch davon, dass sie von einer Beziehungskrise in die

andere getaumelt sein soll. Männern, und zwar immer den falschen, hinterher gereist sein soll.

Die Kulla kam mit zwei Tassen zurück, setzte sich auf das Sofa und meinte: „Tja, Schmidt, hier wohne ich, wenn ich in München bin. Möbliert. Zwei Zimmer, eine kleine Küche und ein Bad."

Sie erwartete wohl nicht, dass er etwas antwortete, und so tranken sie eine Zeitlang schweigend ihren Kaffee. Was hatte er erwartet, was sollte er sie fragen? Wie konnte es sein, dass ihn solche Kleinigkeiten wie diese merkwürdig möblierte Wohnung und eine sehr aufgeräumt wirkende Kulla, die sich mit der natürlichen und unaffektierten Bewusstheit einer fast sechzigjährigen Schauspielerin bewegte, so aus dem Konzept brachte? Er wusste nicht mehr, was er wollte. Die ganzen Fragen, die er sich zurecht gelegt hatte, schienen albern, überflüssig und aus einer anderen Welt, einer aufgeregten Welt.

„Weißt du, wenn ich hier herein komme, habe ich meine Ruhe, bin ich weit weg von allem."

Das Bett, stellte er sich vor, über dessen Kopfende das Bild mit dem Schutzengel hängen musste, war ein großes, schweres Eichenbett mit weißem Bettzeug, das kalt und glatt gebügelt war. Und darin schlief die Kulla ganz allein. Die Diva, deren Karriere mit albernen Sexfilmchen in den Siebzigern angefangen hatte:

Diverse Schülerinnen- und Hausfrauen-Reports, Liebesgrüße aus der Lederhose, Die Geiltalerin und wie diese finsteren Machwerke damals alle hießen.

„Hör mal, Schmidt, ich werde dir nicht helfen können."

Er sah ihr in die Augen hinter den nicht sehr starken Brillengläsern und entdeckte nichts besonderes. Augenbrauen, die zwar offensichtlich gefärbt, aber immerhin eigene Haare und nicht nur Farbstrich waren, Falten, tief eingegraben vom Kunstlicht der Studios, Härchen auf der Oberlippe, ein schwaches Wachsblass auf den nicht aufgemotzten Lippen, ein filigranes Wirrwarr von Verwerfungen an ihrem Hals, dass es aussah wie ein eng anliegender, fleischfarbener Schal. Sie würde ihm also nicht helfen können. Wobei nur, wobei? Er hatte ihr doch überhaupt noch nichts gesagt, nichts erwähnt von Eva und ihrer Faschingsnummer, nichts von seinem Verdacht, dass es einen Zusammenhang geben könnte zwischen diesem Ereignis und Cuttys Tod, dass es im Studio wohl so etwas wie einen von Griener geleiteten Geheimdienst gab, dass er befürchtete, Alex könnte ein weiteres Opfer werden. Musste er ihr überhaupt etwas sagen, wusste sie nicht längst viel mehr als er? Er nahm einen Schluck Kaffee, griff sich ein Stück süßen Gebäcks, obwohl ihn der Hirsch lauthals zu warnen schien. Eins war klar, sie sprach von etwas ganz anderem, als er vorhatte mit ihr zu besprechen. Also:

„Deswegen bin ich nicht hergekommen." Das konnte nicht falsch sein, dachte er. Sie würde schon weiter reden.

„Das war abzusehen, Schmidt."

Vielleicht hatte sie ja recht, es war abzusehen, dass sie aneinander vorbei reden würden. Er hatte sie aushorchen wollen, er hatte irgendwelche Details aus ihr herauslocken wollen, die ihm, mit dem, was er wusste, und was nur er wusste, neue Erkenntnisse hätte bringen können. Nun musste er jedoch erst einmal herausfinden, wovon sie sprach, ohne sich allzu sehr zu blamieren.

„Wie man's nimmt."

„Schmidt, in aller Freundschaft, du bist ein guter Drehbuchautor, aber für diesen Soapmüll taugst du nicht, bist du zu schade. Ich meine, wir wissen doch alle, dass da zu neunzig Prozent sechzehn- bis neunzehnjährige Mädels vor der Glotze hängen. Was weißt du von deren Träumen, deren Problemen ..."

Wollte sie damit andeuten, dass er aus der Serie draußen war?! Er sah zwei Möglichkeiten, ihr widersprechen, argumentieren, dass man nicht selbst sechzehn sein muss, um die Gedankenwelt einer Sechzehnjährigen in einen prägnanten Dialog fließen zu lassen, oder so tun, als wisse er schon lange, dass er aus der Produktion draußen sei, von seinen neuen Projekten berichten. Ein Tatort war immer noch etwas besonderes unter all dem Serienmüll.

„Es ist schade", sagte er stattdessen spontan, „gerade jetzt, wo es spannend wird, nicht mehr dabei zu sein."

Aber sie hielt dagegen, dass die spannende Phase längst vorbei war, die Anfangsphase, in der man ums Publikum, um eine Linie kämpfte, um das Profil der Figuren. Ums Publikum würde man weiterhin kämpfen müssen, aber die Serie lief nun nach ihren eigenen Regeln ab, egal, wie überraschend die Wendungen auch sein mochten.

Er war also gefeuert, und man hatte es ihm noch nicht einmal mitgeteilt, wahrscheinlich, dachte er, waren daran die Verwirrungen um Cuttys Ermordung schuld, und genau das brachte später auch die Produktionsleitung als Entschuldigung vor, es sei halt alles auf einmal durcheinander, alle seien sie schockiert gewesen.

Sofort fing Karl an zu kombinieren, gab es eine zusammenhängende Kette? Hingen die drei Fälle zusammen? Eva, Cutty, Karl. War jemand dabei, ihm missliebige Personen aus der Produktion zu hauen? Dann konnte nur Griener mit seiner Gehässigkeit und seinem Geheimdienst dahinter stecken. Aber nein, dachte Karl, kein Mord. Einen Mord würde Griener deswegen doch nicht begehen. Keinen Mord, alles andere ja.

Das Gute an der ganzen Angelegenheit war, dass Karls Agent nicht zuletzt wegen der unkorrekten Behandlungsweise in diesem Falle energischer darauf bestehen konnte, den Vertrag für den Tatort zu bekommen und den Vorvertrag für eine aufwendige Viererserie unter der Regie von Lewett, der auch große Teile des Drehbuchs selber übernehmen würde. Damit wäre sein Einkommen für die nächsten zwei, drei Jahre gesichert, und er war wieder im Gespräch, er wäre endlich ein Name für die wirklich großen Sachen. Die Kulla riet ihm dringend an, alles sobald wie möglich schriftlich zu fixieren, was der Agent dann auch gleich in den nächsten Tagen tat. Yvonne hatte ihn damals für größenwahnsinnig erklärt, sich einen Agenten zu nehmen, du bist kein Popstar, meinte sie. Aber die Entscheidung war richtig gewesen. Karl Schmidt war kein Verhandler, er konnte sich nicht gut verkaufen, er wäre ständig über den Tisch gezogen worden, hätte er nicht seinen Agenten gehabt. Während Karl sich von ihr verabschiedete, klingelte ihr Telefon.

„Das ist nicht wahr. Das ist gut, endlich hat mal einer ...“
Es schien ein längeres Gespräch zu werden, also wollte Karl ihr zuwinken und sich davon stehlen, Kulla jedoch verdrehte die Augen, fuchtelte mit der freien Hand in der Luft herum, also wartete er.

„Du glaubst es nicht, Schmidt, das ist nicht zu fassen.“
„Was denn, was ist los?“
„Der Griener liegt im Krankenhaus. Er ist verprügelt worden, überfallen worden, was weiß ich. Jedenfalls hat er Prellungen, Rippenprellungen und eine Hodenprellung“, schrie sie geradezu jubelnd, „ha! Eine Hodenprellung und das Gesicht ist auch ziemlich demoliert, er ist unglücklich gestürzt dabei, weil er hacke zu war.“
„Und wer war das?“
„Verrät er nicht, sagt kein Wort. Vielleicht hat er ja einen Filmriss. Weiß der Teufel, was dieser Schweinehund wieder verbrochen hat. Wir werden ein paar Tage ohne ihn drehen. Was bei Gott nicht das Schlimmste ist.“
Sie war auf Griener nicht gut zu sprechen, wahrlich nicht, aber gemeinsam waren sie groß geworden, waren den Niederungen der Softpornos ins Bayern Dritte aufgestiegen. Und sie haben sich mal geliebt, oder was man halt in diesem Milieu und zu jener Zeit für Liebe hielt. „Mir hat er dieses Leben zu verdanken, mir ganz allein“, das brachte die Kulla immer und immer wieder vor. „Ohne mich wäre er nie das geworden, was er ist.“ Was umgekehrt allerdings genau so stimmte, ohne ihn wäre auch sie

nicht das geworden, was sie heute war. Sie hatten sich viel gegeben aber nichts geschenkt.

So hatte sich sein Besuch bei der Kulla auf jeden Fall gelohnt. Und einen Moment lang empfand er sehr große Dankbarkeit ihr gegenüber, eine übergroße Sympathie für sie, ein kurzes Aufflackern sexuellen Begehrens. Waren sie nicht beide zu alt, zu abgeklärt für diesen Scheißkampf, diesen ständigen Scheißkampf mit all diesen unsäglich oberflächlichen Arschlöchern? All die ‚writers, authors, directors, executives and producers', die so unglaublich wichtigtuerisch durch die Studios und Sets rauschten, in ihrem hirnrissigen Kauderwelsch unentwegt vor sich hin brabbelnd - wozu? WOZU?

Er hätte zu ihr hingehen sollen, vor ihr niederknien, sein Gesicht auf ihre Oberschenkel legen sollen, Ruhe finden, irgendwann wären sie wach geworden, munter, er hätte ihren Duft wahr genommen, sie hätte seinen Hinterkopf gestreichelt, er hätte seine Hände unter ihrem weiten Pullover zu ihren Brüsten wandern lassen, und sie hätte ihn angelächelt, wäre aufgestanden, hätte ihn auf den Mund geküsst, ganz sanft, völlig entspannt in der Vorahnung postkoitaler Glückseligkeit, sie wären verlegen lächelnd und Kleidungsstück um Kleidungsstück leichter in das kühle Schlafzimmer gezogen, in das riesige, kühle und laut knarzende Bett geplumst, der Schutzengel hätte seine beiden Schützlinge gepackt, sie unverzüglich aus dem Blechrahmen nach Hause gebracht, damit sie das Elend dieser Altersgeilheit nicht mit ansehen mussten. Aber es wäre echt gewesen, das wusste Karl nachher, als er auf der Straße stand und nichts von dem passiert war, es wäre echt gewesen. Echt in dieser unwirklichen Fünfziger Jahre Kulisse, echt mit dieser Schauspielerin, die in all den albernen Wichsfilmchen mitgewirkt hatte, es wäre echt gewesen. Warum nur, fragte sich Karl dann unten auf der Straße vor ihrem Haus, geschehen die echten

Dinge nicht? Sie sind sie zu gut für die Wirklichkeit, zu echt für die Wahrheit?

Die Kulla hätte er so gerne in die Arme genommen, sie beschützt und getröstet, ihr gezeigt, wie es sein kann, wenn man einen anständigen Mann hat, einen Mann wie ihn. Gleichzeitig war ihm natürlich bewusst, dass er dazu Yvonne hätte im Stich lassen müssen und seine Töchter – unmöglich! Er empfand es als unerträgliche Ungerechtigkeit des Seins, dass er in der Wirklichkeit nicht viele Leben leben konnte, dass er nicht viele Menschen glücklich machen konnte. Andererseits war er selbstkritisch genug zu realisieren, dass dahinter wohl der Wunsch stand, von vielen Menschen glücklich gemacht zu werden. Dennoch war es ein gutes Gefühl, das Bewusstsein, auf einer Wellenlänge zu liegen, sich zu verstehen, zu wissen, es geht leider nicht. Zu verzichten. Verzicht leisten, das war es überhaupt, verzichten können, generös und ohne Jammern, Verzicht als Belohnung und Genugtuung. Und genau das glaubte er gerade mit der Kulla erlebt zu haben.

Griener lag also im Krankenhaus. Das war nun eine Tatsache, eine Information, die Karl normalerweise überhaupt nichts gesagt hätte; jetzt jedoch fing er an, bei allem eine Verbindung zu Eva und Cutty zu sehen. Das war nicht gut. Er schaltete sein Mobiltelefon ein und eine Nachricht war auf seiner Mailbox, von Yvonne.

„Hallo Karl. Du hast doch an das Fleisch gedacht, die Getränke und das Brot? Ich habe eine Überraschung für dich. Morgen! Bis dann.“

Getränke hatte er bestellt, die würden morgen geliefert, Fleisch war auch bestellt, das konnte er morgen früh abholen. Aber das Brot hätte er fast schon wieder vergessen, wen konnte das wundern bei der ganzen Hetzerei. Also musste er kurz noch beim Bäcker vorbei, Brezeln ordern, Baguettes und drei große Laibe Bauernbrot. Scheiße, Ciabatta, das durfte er nicht vergessen! Er ging in eine Telefonzelle, suchte die Nummer der Bäckerei heraus und bestellte. Selbst das Brot, ging ihm durch den Kopf, musste heute international sein, Französisch, Italienisch, Bayerisch. Amerikanisches Toastbrot würde er auch noch kaufen, türkisches Fladenbrot, mexikanische Tortillas und schwedisches Knäckebrot.

12

Seine Hände ruhen auf dem Steuerrad. Seine Hände sind am Lenker, er steuert, lenkt und leitet, er kontrolliert. Wie mit seiner Tastatur manövriert er sich durch die Landschaft, die sich auf dem Monitor seiner Windschutzscheibe auf ihn zu bewegt, an den Seitenfenstern an ihm vorbei fliegt und im Rückspiegel wieder auftaucht, kleiner wird und verschwindet. Seine Hände sind ganz ruhig. Sie sind sehr gepflegt, er hat sich die beste Maniküre, die in München zu bekommen ist, gegönnt, er hat sie genossen. Nicht als Luxus, sondern als Pflege und Präparation seines hochsensiblen Werkzeugs. Die rechte Hand gleitet tastend in die Tasche, die auf dem Beifahrersitz liegt. Er fühlt den Stoff des Anzugs an seinen Beinen, er spürt die Konturen der Maske, und ein Schauer der Erregung erschüttert seinen ganzen Körper. Endlich.

Endlich war es so weit, den zweiten Schritt zu tun. Er wird endlich die Dinge wieder in die Hand nehmen. Er hat zu lange gezögert, zu viel war geschehen, mit dem er nicht gerechnet hatte. Zu viel war geschehen, was er nicht gewollt hatte. Nun aber gab es kein Zurück.

Einen ungeheuerlichen, einen völlig unerwarteten Wirbelsturm hatte es gegeben, einen Orkan, der alle seine Grundlagen, seine Verankerungen im Leben zerstört hat, der gefolgt wurde von einer absoluten Stille, einer Betäubung und vollständigen Lähmung.

Ein einziger Satz, ein verheerender Sprengsatz, gesprochen in einem Studio der Bavaria, hatte sein Leben verändert: „Mein Gott, warum stellt die Kuh sich so an? Spring doch einfach. Spring!" Mit einem Male war das Bild wieder da. Die Hände seiner Schwester, die aus seinem Blick verschwinden, das unerhörte Geräusch ihres aufprallenden und hinab rollenden Körpers, die fragenden, dann vorwurfsvollen Blicke der Erwachsenen. Er hatte nichts getan, er war unschuldig, er wusste in diesem Moment und lange Jahre danach nicht einmal, was geschehen war, warum das alles geschehen war. Im Studio jedoch war ihm klar geworden, wer diese Person war, woher er das Continuity-Girl kannte. Es war Eva Kupper, die Tochter des Mannes, der seine Schwester Sandra auf dem Gewissen hatte.

Vor ihm lagen die Berge, lag der Gebirgszug, lag Lenggries, erhob sich die Benediktinerwand. Vor wie vielen Jahren waren sie den gleichen Weg gefahren? Alle zusammen mit zwei Autos nach Lenggries. Evas Vater und Mutter, seine Mutter und sein Vater, Eva und er und seine Schwester. Mit der Gondel zur Bergstation, über Brauneck Richtung Benediktinerwand. Nicht weit von der Bergstation entfernt hatte sich das Unglück ereignet.

Tante Vroni hatte ihm alles erzählt. Er hatte Glück gehabt und mit ihr reden können, bevor sie gestorben war. Erst vor zwei Wochen war sie beerdigt worden. Er war zur Beerdigung hingefahren, es war ein klarer und ruhiger Tag gewesen, er trug eine Sonnenbrille, denn, wie er vermutet hatte, war auch Eva dort. In Begleitung von Schmidt, dem Drehbuchautor, den er aus dem Studio kannte. Er schien sich um Eva zu kümmern. Er und seine Frau besuchten Eva manchmal am Wochenende, Samstags oder Sonntags.

Er musste sich konzentrieren, es herrschte reger Verkehr. Freitag Nachmittag, die Leute fuhren von der Arbeit nach Hause oder in den Urlaub, zum Wandern in die herbstliche Landschaft, zur Einkehr in gastliche Wirtshäuser, zu Wellness, zu Wollust und Ehebruch in Pensionen und Hotels. Es war alles immer gleichzeitig da, das Verderben und die Göttlichkeit, das Heil und der Untergang, Aufstieg und Absturz. Seine blutjunge Schwester, noch ein Kind fast, und der Tod.

Noch am gleichen Tag, als im Studio der Satz gesprochen worden war, hatte er sich auf den Weg zu Tante Vroni gemacht, und sie erzählte ihm von den Geschehnissen seiner Kindheit, sie erzählte ihm von all dem, wovon in seiner Erinnerung nur Bruchstücke, nur nebelhafte Fetzen und unzusammenhängende Bilder waren. Evas Vater und seine Mutter hatten seine Schwester in den Tod getrieben. Daran hatte Vroni keinen Zweifel gelassen, auch wenn die offizielle Version damals Selbstmord gelautet hatte. Evas Vater und seine Mutter hatten ein Verhältnis gehabt und, auch wenn Vroni darüber beharrlich schwieg, seine Schwester war da hineingezogen worden.

Nun begriff er auch, warum seine Ehe gescheitert war, nach nur sehr kurzer Zeit gescheitert war. Warum er nie richtigen Sex mit seiner Frau haben konnte. Es ging nicht. Es war unmöglich. Stefanie hatte ihn so geliebt, sie war süchtig nach seinen zärtlichen Händen. Und wie enttäuscht war sie, als sie feststellen musste, dass er nie, nicht ein einziges Mal eine Erektion bei ihr bekam. „Was ist los mit dir?“ Fragte sie ihn wieder und wieder. „Da muss doch irgendetwas geschehen sein, in deiner Kindheit, Jörg, ich flehe dich an, gehe zu einem Arzt, einem Psychologen, lass dich analysieren.“ Bis sie aufgab und die Scheidung einreichte. Aber ihren Nachnamen hatte er behalten. Wenigstens ein Stück Vergangenheit hatte er abstreifen können.

Erst als er Evas Stimme erkannte, spürte er, dass sich in seinem Penis etwas regte, er empfand plötzlich eine Erregung, wie er sie nie gekannt hatte. Ein Tor war aufgestoßen worden. Als hätte er sein Leben bisher unter einer Käseglocke verbracht, die nun gelüftet worden war. Die Nummer auf dem Flur war sein erster wirklicher Geschlechtsakt, seit er denken konnte.

Nachdem er weitere Nachforschungen angestellt hatte, eröffneten sich zwei Möglichkeiten, die Geschehnisse von damals zu interpretieren. Entweder Sandra hatte auf irgend eine Art und Weise von dem ehebrecherischen Verhältnis erfahren und war zur Mitwisserin geworden. Sie war ein Mädchen von sechzehn Jahren. Sie war ein so sensibles Mädchen gewesen, ein so feiner Mensch, dass sie an diesem Wissen, an dieser Form der Mitschuld zerbrechen musste. Oder aber die weit schlimmere Version traf zu, die er nach seiner Kenntnis der Dinge nicht ausschließen konnte. Die mögliche Folge der Ereignisse und Taten, deren bloße Vorstellung ihn heute noch ohnmächtig vor Wut und Verzweiflung, vor Schuld und Rachegefühlen werden ließen: Die beiden Ehebrecher hatten seine Schwester, seine Mutter hatte ihre eigene Tochter, in das verwerfliche Tun einbezogen, sie missbrauchten sie, sie vergewaltigten sie, sie brachten sie um.

Er konnte nicht mehr, er musste anhalten. In drei Stufen führte der Weg direkt ins Unendliche. Unschuldig, so starr wie geschmeidig. Das weiß markierte Band der Straße im Vordergrund folgte den Konturen der sanft gewellten Landschaft am Fuße der Alpen, die alles beherrschende Bildmitte, Versprechung von Ferne, von Süden und Weite und Wärme. Darüber ein Himmel, hoch und weit, der sich über Gebirgszüge spannte, über Berge, die anderswo schon Wolken und Himmel waren.

Alles hatte seinen Bezug, alles hing voneinander ab, alles bestimmte und begrenzte einander. Die Bewegung, die Anmut der Landstraße in der hügeligen Landschaft durch die Wiesen und Dörfer war perfekt, folgte harmonisch den Formen des in sich ruhenden Vordergrunds wie Wasser, das überall seinen Weg fand, das den Vorgaben der Natur gehorchte und das Gelände nach seinen ewigen Gesetzen modellierte. Wasser hatte auch die Konturen, die Oberfläche der Felsformationen herausgearbeitet, Wasser, das der Himmel schickte. Das Wasser war die Hand des Himmels, Wasser war die Hand Gottes. Hier die Straße, dort das Gebirge, über allem der Himmel, Gottes Hand. Wehe, sie ließ dich fallen.

Drei Schritte hatte er von Anfang an eingeplant. Im Vordergrund die Landschaft des Jetzt, in der Mitte die Berge der Vergangenheit und im Hintergrund der Himmel der Ewigkeit. Erst der Auftritt in der Maske seiner Mutter, dann der Auftritt in der Maske von Evas Vater. Und schließlich der Auftritt ohne Maske. Der Moment, in dem Eva erkennen musste, worum es ging. Sie würde die Konsequenzen ziehen müssen. Sie würde springen.

All das war ihm logisch erschienen, notwendig auch und natürlich zutiefst richtig, gerecht. Und sein Plan hatte den Vorteil, dass er nach jedem Schritt hätte feststellen können, gut, es ist Gerechtigkeit geschehen, die Ehre meiner Schwester ist wiederhergestellt, das Unrecht ist gesühnt. Eva hätte die Chance gehabt.

Nach dem ersten Akt auf dem Flur im Studio hätte Schluss sein können. Und es schien eine ganze Zeitlang so, als sei Schluss. Bis plötzlich Cutty auftauchte. Mein Gott, das hätte nicht passieren dürfen. Mit einem Schlag war, was vorher der erste heimliche, und vielleicht auch letzte, Schritt einer Wiedergutmachung hätte sein können, einer Wiedergutmachung ohne Folgen, ohne weitere Verletzungen, ein Verbrechen. Ein Verbrechen, dem nun weitere folgen mussten. Er hatte es nicht gewollt, aber es war geschehen, und nun musste alles andere auch geschehen. Aber wer wusste schon, was nach dem zweiten Schritt geschehen würde? Hatte er damit gerechnet, dass

Eva sich in eine Klinik zurückziehen würde, lange nach dem Vergeltungsakt auf dem Flur? Er hatte nicht damit gerechnet. Aber das war die Wirkung, die er sich erhofft hatte, dass sie nämlich in ihrer Selbstgefälligkeit aus dem Tritt kam, dass ihr klar wurde, sie war die Tochter eines Mörders. Es hätte damit getan sein können. Aber dann kam Cutty. Aber dann musste Cutty ihn überfallen. Aber dann kam Cutty und sagte: „Ich hab da ein paar geile Klamotten für dich."

Und dann war Cutty tot. Tot in seinen Händen. Umgebracht mit seinen Händen. Es gab nur noch eine Möglichkeit. So schnell wie möglich die nächsten beiden Schritte tun. Sich auf gar keinen Fall aus dem Konzept bringen lassen. Er war auf dem richtigen Wege.

Vom Parkplatz aus hatte er den Eingang stets gut im Blick, er wusste, dass Eva jeden Nachmittag einen Spaziergang unternahm; es würde kein Problem sein, sie an der Stelle abzupassen, die er als die geeignete auf ihrem Weg ausgemacht hatte.

Den Anzug hatte er angelegt, die Maske wartete auf dem Beifahrersitz; er wollte sie erst anziehen, kurz bevor er auf Eva zuging. Er schaute noch einmal seine Hände an. Sie waren sauber und ganz ruhig, er spürte, wie aus den Fingerspitzen über die Hände, die Arme eine unglaubliche Kraft in ihn floss, die ihn beruhigte und sicher machte. Endlich folgte der zweite Schritt, er war auf dem richtigen Weg. Er sah Eva aus dem Eingang der Klinik treten, sie sah gut aus, sie sah erholt aus. Umso besser.

Aber er realisierte im gleichen Moment, dass Eva eine Reisetasche bei sich hatte, er sah, wie sie vor der Eingangstür von einer Frau begrüßt und umarmt wurde. Die beiden Frauen kamen auf den Parkplatz, setzten sich in ein Auto und fuhren davon. Seine Hände krampften sich um das Lenkrad, Schweiß bildete sich zwischen den Handinnenflächen und dem schwarzen Kunststoff. Zitternd drehte er den Zündschlüssel. Was tun? Was sollte er tun? Warten? Er drehte den Schlüssel erneut und das leise Motorengeräusch erstarb. Was tun, was um Himmels Willen sollte er tun?! Warten, bis die beiden wiederkamen? Er wusste genau, er hatte sich kundig gemacht, dass Eva noch lange nicht entlassen wurde. Aber wenn sie nun übers Wochenende irgendwohin fuhr, die Frau besuchte? Er durfte auf gar keinen Fall einen weiteren Aufschub zulassen.

Er verbarg sein Gesicht in den Händen, er musste etwas tun, er konnte nicht mehr warten. Spring, schrie es in ihm, spring! Er war schon längst gesprungen, er war im freien Fall. Nichts konnte ihn mehr halten. Er startete erneut den Motor und nahm die Verfolgung der beiden Frauen auf. Niemand würde ihn aufhalten können. Was ihn unaufhaltsam zog, war die Schwerkraft der Schuld, war das Verbrechen der Vergangenheit, war die Unausweichlichkeit des freien Falls ins Bodenlose. Noch nie hatte er sich so einsam gefühlt, fast schon tot.

13

Yvonne war da, sie hat mich abgeholt zu ihrem kleinen Straßenfest. Es war das erste Mal, dass ich für längere Zeit die Klinik verlassen habe. Ja, es geht mir wieder besser. Ich habe drei Kilogramm zugenommen, und auch alle anderen Körperwerte nähern sich wieder dem unteren Normalmaß. Es hat keine dramatische Wende zum Besseren gegeben, aber eine ganz langsame Annäherung an so etwas wie einen Normalzustand, die Annäherung an einen neuen Normalzustand, denn das, was früher war, ist vorbei. Erste Überlegungen und Gespräche auch für eine berufliche Veränderung haben stattgefunden. Ich werde wohl bald eine neue Berufsausbildung anfangen. Ich fühle mich gesundheitlich nicht mehr in der Lage, als Continuity-Girl, überhaupt in diesem Metier, Fernseh- und Filmproduktion zu arbeiten, das kann ich nicht mehr und das will ich auch nicht mehr.

Es wird noch genügend Zeit sein, sich darüber Gedanken zu machen. Statt meines Nachmittagsspaziergangs saß ich nun bei Yvonne im Auto. Auf der Straße war viel los, Freitag Nachmittag, es sah nach einem schönen früh- herbstlichen Wochenende aus, und ich würde Gelegenheit haben, einen Spaziergang, vielleicht eine kleine Bergwanderung zu unternehmen, nachdem Yvonne oder Karl mich zurückgebracht hätten. Ich würde mich wohlfühlen.

„Haben wir nicht Glück mit dem Wetter, Eva? Es wird gemütlich werden, wir haben so nette Nachbarn. Fritz und seine Band werden Musik machen, Alice und Anna werden Platten auflegen, wir werden gute Sachen essen und trinken, viel Spaß miteinander haben, wir werden es uns richtig gut gehen lassen, Eva!“

„Ja, gewiss, Yvonne“, antwortete ich, aber ich kann mir gut vorstellen, dass mein Lächeln etwas gequält aussah. Schließlich war es das erste Mal, dass ich nach dem Ausbruch meiner Krankheit die Klinik verließ, das Gelände der Klinik länger verließ als für einen kleinen Spaziergang, für einen kleinen Ausflug mit Karl, der mich ja auch zu Vronis Beerdigung begleitet hatte. Wir waren bei der Messe dabei und auf dem Friedhof. Karl wäre gerne noch mit ins Gasthaus gegangen zum Leichenschmaus. Mutter war nicht angereist. Vroni gehörte zu Vaters Verwandtschaft und da gab es, so weit ich mich erinnern kann, Spannungen, Streit, Verwandtschaftsstress; wie man als Kind eben die geheimnisvolle Erwachsenenwelt erlebt. Die undurchschaubare Welt der Großen, die Bedrohliches an sich hatten und Beschützendes, die einem Geborgenheit gaben und unbegreiflich waren.

„Du wirst deinen Spaß haben, Eva. Weißt du, es wird auch ein kleines Programm geben, unsere beiden Töchter wie gesagt als DJanes, Karaoke, wir Frauen werden ...“

„Jazztanz machen.“

„Äh, ja, richtig. Ein bisschen Show halt.“

Warum hatte ich mir die Bemerkung nicht verkniffen, sie war sauer, richtig sauer, der verächtliche Unterton in meiner Stimme war ihr nicht entgangen. Wie musste sie sich jetzt vorkommen? Die Muttis aus der Nachbarschaft hatten sich sexy Kostümchen geschneidert, um ihre gelangweilten Ehemännchen ein wenig aufzuheitern, indem sie mit Po und Busen rumwackelten. Und dann kam da so eine wie ich an und machte sich lustig darüber.

„Und ein paar nette Singles sind auch immer dabei."

„Entschuldige, Yvonne, ich, ich weiß nicht, das ist alles so seltsam. Meine Stimmung wechselt von Minute zu Minute, vielleicht sollte ich doch bald wieder in die Klinik zurück."

„Ach was, das wird schon."

Je weiter wir uns vom Starnberger See entfernten, je näher wir München kamen, umso unwohler fühlte ich mich. Ich bekam plötzlich Angst. Ich wollte kein Karaoke singen, ich wollte keine Amateurdarbietungen beklatschen, ich wollte keine Singles beim Smalltalk mit meinem Berufsleben beeindrucken. Continuity-Girl, Bavaria, die und die Produktion, ja, auch bei der Serie bin ich dabei. Bin ich dabei gewesen. Ja freilich, mit Karl kommt man prima zurecht.

Mir wurde klar, dass es eine Sache ist, in der Klinik sich behandeln zu lassen, Gespräche zu führen, spazieren zu gehen, zu Kräften kommen und sich selbst wieder zu finden, eine ganz andere Sache ist es, nach draußen zu gehen, mit fremden Menschen zu reden. Sie würden mich anschauen, mich fragen. Wussten sie alle schon Bescheid, hatten Karl und Yvonne ihre liebe Nachbarschaft vorbereitet, da kommt eine, die müsst ihr vorsichtig behandeln, wisst ihr, die ist ...

Und mein Entschluss stand fest, ich würde mich sobald wie möglich und noch heute Abend zurückfahren lassen in die Klinik. Ich brauchte Ruhe, ich wollte allein sein in der Sicherheit meines kleinen Zimmers.

Aber es kam dann doch anders. In ihrer Straße angekommen, kümmerte sich nämlich niemand um mich. Da mussten noch die Biertische aufgebaut werden, Grillkohle entfacht, Fässer angezapft, die Tonanlage „Oans zwoa, one, two" eingestellt werden. Alles lief durcheinander, redete, lachte, mich jedenfalls beachtete niemand.

Yvonne zeigte mir das Zimmer, in dem ich schlafen sollte, das Zimmer von Rebecca, der UN-Tochter, der Genftochter, der Übersetzerin. Ich stellte meine Tasche ab und sah mich um: Ja, an den Boy- und Girliegroups konnte man deutlich erkennen, wann das Mädel ausgezogen war. Auch wenn ich mich weder vor fünf Jahren noch jetzt damit auskannte, sah ich doch, dass diese Bilder schon veraltet waren, so veraltet wie meine Bravo-Poster aus den Achtzigern. Merkwürdig, wie viel man doch mitbekam von Dingen, von denen man glaubte, dass man sie gar nicht sah. Die Wahrnehmung, wurde mir bewusst, auch die menschliche Wahrnehmung war ein technischer Vorgang, eine gewisser Maßen objektive Operation, die sich nicht um subjektive Eindrücke und Aufmerksamkeit scherte. Dinge, die der technische Wahrnehmungsapparat, der menschliche technische Wahrnehmungsapparat aufgenommen hatte, das Bewusstsein damals jedoch nicht zur Kenntnis genommen hatte, konnten zu einem späteren Zeitpunkt abgerufen werden. Natürlich, menschliches Bewusstsein und Unterbewusstsein mussten selektieren, mussten werten, was in welcher Abteilung archiviert wurde. Wahrscheinlich bestand die Möglichkeit, alles, aber auch wirklich jedes einzelne Detail eines Menschenlebens abzurufen, wenn man nur Zugang zum Archiv hatte und fähig war, kompetent zu recherchieren.
Im Film sähe die Darstellung eines Mädchenzimmers, das seit ein paar Jahren nicht mehr oder nur noch gelegentlich benutzt wurde, etwas anders aus. Bestimmte vorhandene Aspekte würden überbetont, nicht vorhandene eventuell nachträglich eingefügt, weil es ja um den Effekt geht; man muss sicherstellen, dass der heutige Zuschauer sofort sieht, aha, das Zimmer ist vor fünf Jahren verlassen worden, das Mädel liebte die Backstreet Boys und war Fan von Schauspielern wie Bruce Lee.
Wie leicht war es doch, jemanden zu beschreiben, darzustellen und zu charakterisieren, der gar nicht anwesend

war. Farbwahl und all die Accessoires eines Lebens, eines noch jungen Lebens, das für Rebecca hier vor ein paar Jahren aufgehört hatte und dann an anderer Stelle weiter gegangen war. Plüschtiere, Bücher, getrocknete Rosen, Urlaubskarten, Fotos und leere Parfümflaschen.

In Wirklichkeit verließ jedoch niemand mit Absicht sein Zimmer so, dass man ihm all das ansah. Im Leben war es einfach so, aber in der Kunst war es nicht so einfach, die Kunst war halt, es musste echt aussehen. Und das Echte hatte den Nachteil, dass es im Film niemals echt aussah. Noch schlimmer wurde es, wenn Menschen in der Wirklichkeit versuchten, Kunst und Kino zu reproduzieren, und den Helden, den großen Terminator spielten. Das war der Tod der Kunst und der Tod des Kinos – und zu oft auch der Tod für einzelne, manchmal für viele einzelne in einem Amoklauf.

Kunst und Wirklichkeit waren so verschieden wie Mann und Frau, jedes für sich war autonom und einzigartig. Sie benötigten einander nur prinzipiell, nicht in jedem Fall. Gelegentlich mussten die beiden zusammenkommen, und zwar in einzelnen Individuen, damit es weitergehen konnte. Und meistens blieb dabei die Liebe auf der Strecke. Bei peinlichen Wiederbelebungsversuchen mit Jazztanz. Ich realisierte, dass mein Zynismus, mein professioneller Sarkasmus zurückkehrte, und das wollte ich als gutes Zeichen deuten. Und plötzlich hatte ich das unendlich große Bedürfnis, wieder im Studio zu sein, die Hektik zu erleben, die Schauspieler und ihre Macken in die richtigen Bahnen zu lenken, Details auszusuchen und zu arrangieren, alles im Griff zu haben, alles zu kontrollieren. Mit einem flotten Spruch wie Alex. So musste es sein, nur so und nicht anders. Ich wusste wieder, was ich wollte und was ich konnte. Ein tolles Gefühl, es wurde Zeit. Zeit, wieder an die Arbeit zu kommen, wieder ins Studio zu kommen. Ich war gesund, mir ging es gut, ich wollte wieder etwas erreichen.

Aber wie würde es sein, wenn ich zurück in meine Wohnung kam, wieder ins Studio trat? Die Wohnung dürfte sich nicht verändert haben, die Nachbarin hat sich um die Pflanzen gekümmert, die werden ein wenig gewachsen sein, Blätter verloren haben, neue Blätter bekommen haben, aber sonst wird alles beim Alten sein. Ich konnte mir das Gefühl nicht vorstellen, in meine Wohnung zurück zu kehren. Käme sie mir wie fremd vor wie mein Kinderzimmer, so fremd wie dieses Zimmer? Vielleicht sollte ich, bevor ich wieder einzog, alles renovieren lassen? Oder eine neue Wohnung nehmen?

Im Studio blieb alles beim Alten, weil der ständige Wechsel der Kulissen Alltag war. Die Künstlichkeit dieser Welt stellte sie außerhalb von Raum und Zeit, und ich war diejenige, die für Kontinuität zu sorgen hatte. Das wird wieder meine Aufgabe sein, bald: Continuity.

„Was ist Continuity", wollte Alice wissen, sie war ins Zimmer getreten und hatte gehört, dass ich das Wort halblaut vor mich hin gesagt hatte. „Ist das eine Gruppe?"

„Nein, nein, das ist mein Job bei der Bavaria, Alice, wo ich auch deinen Papa kennen gelernt habe."

„Ich dachte schon, dass wäre so was wie die Backstreet Boys. Die hat meine Schwester Rebecca so geliebt. Damals, als sie noch hier wohnte und ich noch klein war. Du kannst übrigens Ali zu mir sagen, so nennen mich alle. Ich steh ja auf ganze andere Musik, Limp Bizkits und ... sollen wir mal in mein Zimmer gehen?"

„Morgen früh vielleicht, ich glaube, wir sollten uns mal draußen beim Fest sehen lassen."

„Ja, klar, du hast recht. Ich werde nachher eine halbe Stunde die DJane machen, zusammen mit Anna, wir haben einen tollen Partyset gebastelt, das wird abgehen!"

Und ich kam mir auf einmal so alt vor, so alt. Sie war ein hübsches Mädel und voller Energie, sie trug ein weißes T-Shirt mit einem merkwürdigen Graffitilogo drauf, Bauchnabel natürlich frei und gepierct, die Jeans hatten

wieder Schlag wie in den Siebzigern und das Fadeout war
großflächig nur auf Oberschenkeln und dem Hintern. Die
blonden Haare hatte sie in ganz vielen kleinen wirren
Zöpfchen zusammengebunden. Sie sah wirklich süß aus.
Sie hatte noch alles vor sich, für sie gab es so etwas wie
Continuity noch nicht, jeder Tag war etwas vollkommen
Neues. Und sie ist ein ganz, ganz liebes Mädel. Rührend
sorgte sie sich den ganzen Abend um mich, sie war fast
immer um mich herum, ohne dass ich das Gefühl hatte,
bedrängt zu werden und trotz ihrer Jugend konnte ich
mich gut und entspannt mit ihr unterhalten.
Dennoch wurde es ein etwas merkwürdiger Abend, meine
Stimmungsschwankungen hielten an, ich war mehrfach
drauf und dran, mich in die Klinik zurückfahren zu lassen; ich blieb aber doch bis zum Schluss. Nicht zuletzt
wegen Ali. Und ab einem gewissen Punkt hatte ich sogar
Spaß an dem Programm. Es muss nach drei gewesen sein,
als ich ins Bett kam. Karl hatte mich immer wieder mal in
ein Gespräch verwickelt, er musste natürlich von weiteren Ermittlungsergebnissen berichten, er hatte was über
einen Jörg Falterer herausgefunden, aber der Name sagte
mir nichts, der Vorname wohl, aber der Nachname nicht.
Ich habe auch nur Karl zuliebe Interesse geheuchelt, das
Thema war für mich erledigt, ich war dabei, das zu verar-
beiten. Gott sei Dank.
Ich hatte zufällig ein Gespräch mitgehört. Es ging um
Karls Rausschmiss. Der Griener habe dafür gesorgt, dass
Karl draußen war. Weil Karl sich zunächst an Cutty ran-
gemacht hatte, dann an die Kulla und es auch bei Alex
probiert hat. Wahnsinn, selbst hier in dieser kleinbürger-
lichen Vorstadtidylle glaubte jeder zu wissen, was im
Studio los war. Alle wussten sie Bescheid, jeder hatte
eine andere Theorie, die auf Gerüchten basierte, von
denen Karl wahrscheinlich gar nichts wusste. Wer da
wohl was hinter seinem Rücken gesagt hatte, wer da auf
wessen Kosten sich profilierte, wer da seine schäbigen

Schäfchen ins Trockene zu bringen versuchte, wer wen
womit hinterging. Es war erbärmlich. Warum konnten sie
nicht einfach einsehen, dass Karl nicht gut genug war für
die Soap, oder, wie er es vielleicht formulieren würde, zu
gut für die Soap war. Es war widerlich. Wer alles was
gesagt haben sollte. Nichts wurde einem anderen gegönnt. Jeder Erfolg von anderen war unsauber zustande
gekommen, der eigene Erfolg war mit genauso unsaube-
ren Mitteln verhindert worden.
Viel schlimmer war, und was ich auch jetzt kaum glauben
kann, dass Cutty tot sein soll. Wenn das wahr sein sollte,
hätte Karl mir sicher davon erzählt. Was war da nur los?
Hatte ich mich verhört, als ich das aufschnappte? Haben
die Kerle nur irgend ein besoffenes Zeugs gelabert?
Ich werde gleich einen ausgedehnten Spaziergang unternehmen, dann zeitig ins Bett gehen, damit ich ausgeruht
in den nächsten Tagen meine Zukunft in die Hände nehmen kann. Und Karl werde ich fragen müssen, was da los
ist im Studio.

14

Richtig Spaß gemacht hatte ihm die Sache doch nur ganz am Anfang. Es war einfach toll gewesen, sich hinein zu stürzen, alles zu geben in dieser geradezu erregend rauschhaften, kreativen Orgie. Und man musste etwas bringen! Wer nicht ständig seine Potenz unter Beweis stellen konnte, blitzschnell reagierte, stets präsent war, immer einen coolen Spruch parat hatte, war schnell ein Versager, ein Weichei, ein Warmduscher, ein beim Sex Präser benutzender Angsthase. Eine richtige Soap war für alle Beteiligten wie Gruppensex und als Autor stand man unter dem Zwang einer Dauererrektion. Karl war zwar mit seiner Potenz und seinem Sexualleben nach wie vor zufrieden, aber er spürte das Alter, es war alles nicht mehr so dringend und drängend, es kam vor, dass er, wenn er nicht ins Studio musste und ihm keine Ärsche und Titten vor die Nase gehalten wurden, ganze Tage keinen Gedanken an Sex verschwendete.

Tauchte er wieder in die so hektische wie artifizielle Welt des Studios ein, das Aquarium, in dem ein völlig anderer Druck herrschte, die Schwerkraft aufgehoben schien, die Formen zu verfließen begannen, dann war das Time-Turbo. Tauchte vor seinen Augen eine Frau auf, die sich bückte, ihren Arsch präsentierte, war Steinzeit angesagt.

Paleolithische, glaziale Präraphaeliten. Da griff kein Begriff mehr. Da wuchsen zwei Beine aus der Steppe in den Himmel und mündeten in den vollständigsten aller Vollmonde. Kein Oberkörper, kein Kopf, keine Brüste. Nur dieses vollendete Wachstum aus dem Steppenstaub in kosmische Sternenstürme. Dann witterte er archaische Sensationen, spürte die elementaren Kräfte der Evolution, leckte den Staub von den aufgesprungenen Lippen, rieb sich die vom Rauch gereizten Augen, kratzte seine verzeckten und verlausten Sackhaare. Sah sich vorsichtshalber noch einmal um, weil sein Instinkt ihm sagte, dass er in den nächsten Minuten absolut hilflos sein würde und verwundbar. Eindringen, eins werden.

Wen konnte es ernsthaft verwundern, wenn es in diesem Milieu, in dieser bis zum Bersten der Nervenenden aufgeheizten Atmosphäre drunter und drüber ging, jeder mit jedem irgendwann im Bett landete. Wenn es bis zum Bett nicht mehr reichte, selbst die Zeit bis zum Lokus nicht mehr abgewartet werden konnte, trieb man es halt auf dem Flur.

Das, was Yvonne und er an Verkehr hatten, reichte ihm voll und ganz. Und es war in nicht allzu ferner Zukunft abzusehen, dass immer weniger voll und ganz ausreichend war. Dann mussten halt andere Abwechselungen her. Sie hatten natürlich schon jetzt längst nicht mehr den ganz regelmäßigen Sex, aber wenn sie vögelten, dann ging die Post ab, dann waren sie beide geil, vergaßen und vergaben sich alles, dann gab es keine Tabus. Yvonne konnte so wunderbar zärtlich wie richtig schön verdorben sein, dachte sich die ungewöhnlichsten Orte und Zeiten aus. Noch am Freitag Abend, während des Straßenfestes, hatte sie es wieder einmal hinbekommen, ihm einen prickelnden Abgang zu verschaffen, hinter dem kleinen Bierzelt, in dem Toni und Sepp Bier zapften. Nur ein paar Meter entfernt von all den anderen, die keine Ahnung hatten, dass Yvonne absolut kintoppreif vor ihm kniete und ihren Job tat. Allein der Aufwand an Phantasie und Kreativität musste sie selbst schon in eine unglaubliche Vorfreude bringen, die es ihm nicht schwer machte, sie regelmäßig zu mehreren Höhepunkten zu bringen.

Nun gut, gelegentlich ließ der Alltag es nicht zu, für jeden Akt einen solchen Aufwand zu betreiben, dann hatten sie halt ganz gewöhnlichen Haustiersex. Das war okay, wenn Yvonne ihn nur immer wieder mal überraschen konnte. Und das konnte sie! Was ihm ein kleines schweinisches Lächeln um die Mundwinkel schmierte, war der nicht ganz neue Gedanke, dass Eva spontanen Aktionen nicht völlig abgeneigt zu sein schien. Wer konnte schon wissen, was da alles noch möglich war? Wenn ihn sogar die alte Kulla noch anturnen konnte, ihn für einen Moment richtig scharf machte, dass er fast einen Steifen bekommen hätte, als er neben ihr gesessen hatte. Wann war so etwas das letzte Mal vorgekommen?! Und Alex, bei Alex, Himmel, Herr Gott, die müsste ihn nur einmal richtig anschauen mit ihren Augen, ihren himmelblauen Augen, die Lippen schürzen, sich umdrehen und davon wackeln mit ihrem Arsch, mit ihrem süßen, süßen Arsch. Er war also draußen, er hatte nichts mehr damit zu tun, wie Eva, die sich ja auch ganz neu orientieren wollte. Obwohl sie am Freitag Abend schon wieder angedeutet hatte, dass sie sich eine Rückkehr ins Studio durchaus vorstellen konnte. Warum nicht, sie war noch jung!

Scheiß egal, wer dahinter steckte, wer davon profitierte. Eva hatte recht. Man musste nach vorne schauen. Irgendwann war der Kinderkram halt vorbei, machten die pubertären Spielchen keinen Spaß mehr, musste man erwachsen werden. Auf Dauer konnte man keine Arbeit tun, die man im Innersten verachtete. Weil man irgendwann den Punkt erreichte, an dem man anfing, den größten Mist ernst zu nehmen und dann war man verloren. Es sei denn, man prostituierte sich oder man wurde Zyniker. Karl war Zyniker, er hatte sich prostituiert, aber manchmal gab das Leben einem die Chance, sich vom Saulus zum Paulus zu wenden.

Er würde seinen zweiten Tatort schreiben, danach vielleicht eine Miniserie, vier oder sechs Folgen, die von großen Schauspielern für große Menschen gemacht würde, für Erwachsene, die anspruchsvolle Unterhaltung zu schätzen wussten. Wichtig war der zweite Tatort, weil er der erste mit einer neuen Kommissarin war. Neuerdings wimmelte es ja nur so von Kommissarinnen. Egal, wenn sein Auftaktfall gut war und ankam, hatte er beste Aussichten, dass sich die Figur etablierte und er regelmäßig Folgen übernehmen durfte. Kreta sollte bald seine Heimat sein.

Eva würde auch in ein paar Wochen entlassen werden, und hatte ja vorgehabt, dann eine Umschulung zu machen. Sie schien aber noch nicht genau zu wissen, was das Richtige war. Karl hatte den Verdacht, dass sie doch wieder rückfällig werden könnte, sie war noch jung, und wenn sie wirklich gesund wurde, würde sie der Ehrgeiz packen, sie würde allen zeigen wollen, was sie drauf hatte. Im Studio, bei welcher Produktion auch immer.

Er hatte sie gefragt, wie sie die Sache auf dem Flur nun einschätze, er hatte ihr ein paar Namen genannt, von Männern, die im Raster aus Alter, Größe, möglicher Anwesenheit im Studio hängen geblieben waren. Kein Treffer, bis auf ein paar Vornamen. Aber er würde weiter recherchieren, wenn er Zeit hatte, es war ja durchaus möglich, dass der ein oder andere den Nachnamen durch Heirat gewechselt hatte, das war ja heute überhaupt kein Problem. Der Druck war weg, Eva schien kein großes Interesse mehr an seiner Ermittlungstätigkeit zu haben. Die Zeit war wohl doch der große Healer. Zumindest für die jungen Leute.

Die waren ja so begrenzt. Als er Alex angerufen hatte, aus Sorge um sie, weil ihn plötzlich die Gewissheit überfallen hatte, dass mit dem Tod von Cutty nicht Schluss

war, dass mit ihrem Tod nicht Schluss sein konnte, meinte sie, bevor er überhaupt zu Wort kommen konnte, „Karl, ich kann dir nicht helfen. Du bist draußen. Und du hast einen tollen Vertrag bekommen als Entschädigung. Dafür solltest du mir dankbar sein."
Nun gut, Mädel, dachte er, dann bin ich dir halt dankbar. Sollte sie doch selber auf sich aufpassen. Sie würde ihn sowie so nur missverstehen. Seine Sorgen, seine Ängste.

*

„Karl, die Klinik hat gerade angerufen, es ist etwas mit Eva passiert, sie wollten aber nicht sagen, was. Fahr hin und sieh mal, was da los ist."
Yvonne hatte ihn mobil erwischt, unterwegs, Karl verabschiedete sich von ihr, fuhr an den Straßenrand, wählte den Produktionschef an, mit dem er verabredet war, und machte sich auf den Weg zur Klinik. Er war höchst beunruhigt, was konnte da passiert sein, was, um Gottes Willen, was?! Sie lebte, das schien klar zu sein, sonst hätte man das Yvonne am Telefon schon mitgeteilt, sie lebte. Vielleicht war alles ganz harmlos, und sie hatte sich verletzt, war gestürzt, ein Beinbruch beim Spazieren. Sie war gestolpert, ein Hund hatte sie angefallen. Also noch einmal Eva, nicht Alex. Noch nicht Alex? Er zwang sich zur Ruhe, reduzierte die Geschwindigkeit, achtete auf den Verkehr, es regnete heftig, die Sicht war schlecht. Es war nichts Schlimmes geschehen. Er war bei einem kleinen Bauernhof an den Straßenrand gefahren, hatte angehalten, wo sonst wohl der Milchwagen anhielt.
Es war etwas geschehen. Karl wusste, er musste sich konzentrieren, damit er sich alles merkte, damit ihm später jedes Detail abrufbar war. Es ging darum, diesen Moment in allen seinen Facetten wahrzunehmen. Er schloss

die Augen und konzentrierte sich nur auf sich. Ich bin niemand, ich will nirgendwo hin, ich habe keine Vergangenheit, nichts. Er öffnete die Augen, sah die Bretterwand hinter dem alten Milchstand, auf dem früher die Kannen gestanden hatten, als es die modernen Melkanlagen noch nicht gegeben hatte. Karl sah nicht viel mehr als den alten Bretterverschlag, Fichtenholz, das in Bodennähe von der Nässe angegriffen und verfault war. Lenkte er den Blick nach vorne, sah er die Straße zwischen den Häusern in einem Bogen nach links aus dem Blickfeld verschwinden, über allem ein verregneter Himmel. Ein alter Mann war aus dem gegenüber liegenden Haus getreten und hatte Karl einen misstrauischen Blick zugeworfen.

Karl fuhr weiter und war nach zwanzig Minuten bei der Klinik. Auf dem Parkplatz wiederholte er das Ritual, ging dann zur Rezeption und fragte nach Dr. Mockingo, zu dem er unverzüglich vorgelassen wurde.

Der kam auch gleich zur Sache: "Frau Kupper ist überfallen und vergewaltigt worden."

Nun war also das Schlimmste eingetreten, das Schlimmste in diesem Falle außer dem Tode. Alles, was bis dahin noch an Hoffnung, an Ungläubigkeit gewesen war, versank wie ein gigantischer Felsbrocken in einem verträumten Gebirgssee, an dem ahnungslose Wanderer sich erfrischen konnten.

„Vergewaltigt, sagen Sie. Und der Täter?"

„Ist entkommen. Wir wissen so gut wie nichts. Eva steht unter einem schweren Schock, wir haben sie ruhig gestellt, nachdem sich die von der Polizei bestellte Psychologin ganz kurz mit ihr unterhalten hat."

„Ich, kann ich, eh ..."

„Nein, Sie werden nicht zu Ihr können. Heute nicht, morgen nicht. Am besten rufen Sie in ein paar Tagen mal an. Das ist eine ganz ernste Angelegenheit, Ihre Freundin ist in einem sehr kritischen Zustand."

Nachdem Dr. Mockingo ihm den Namen und die Telefonnummer des ermittelnden Beamten gegeben hatte, damit Karl sich von ihm wiederum die Telefonnummer der Psychologin geben lassen konnte, mit der er auf jeden Fall reden musste, schüttelten sie sich die Hände, beide sehr ernst, beide sehr niedergeschlagen, und während Karl aus dem Arztzimmer schlich, fühlte er sich schlechter, als hätte ihm der Arzt verkündet, er leide an einer unheilbaren Krankheit und werde bald sterben, er habe Prostatakrebs und werde bald impotent sein, die Eier müssten weg, und seinen Schwanz würde er nicht einmal zum Pinkeln mehr gebrauchen können. Es würde alles sehr schnell gehen, das spürte Karl, an einem gewissen Punkt würde eine ungeheure Beschleunigung einsetzen, gäbe es kein Halten mehr. Wenn er erst einmal mit der Psychologin gesprochen hatte. Aber Dr. Mockingo hatte noch so etwas wie einen Nackenschlag parat. Dass es ein Nackenschlag gewesen sein könnte, kam Karl erst sehr viel später zu Bewusstsein:
„Ich weiß gar nicht, ob ich Ihnen das alles erzählen darf. Die Polizei ..." und dann schwieg er, und Karl war weg.
In seinem Kopf lärmte es. Und er brüllte dagegen an: Schwachsinn! Verdacht, Schuld. Er hatte nichts damit zu tun! Er doch nicht! Ja, er war ein Mann, ja, er war sexuell noch aktiv, ja, er hatte sexuelle Phantasien, die nicht alle das Gefallen des Papstes finden würden. Aber er lebte doch von seiner Phantasie. Der Täter musste her, dann war alles wieder im Lot, dann gab es endlich wieder die klare Unterscheidung zwischen Gut und Böse.

15

Sie musste nun wissen, um was es ging. Eva musste klar geworden sein, wer er war, wer er in den beiden Verkleidungen gewesen war. Sie musste nun wissen, dass er sie als seine Mutter und als ihr Vater heimgesucht hatte. Eva musste endlich klar geworden sein, dass Sandras Tod endlich gerächt würde.

Alles hatte geklappt. Wie er es sich vorgestellt hatte. Eva war am Sonntag Vormittag zurück in die Klinik gebracht worden. Nachmittags dann machte sie sich auf ihren Spaziergang und er hatte ihr folgen können. Als er sich ihr von hinten näherte, sie stellte, sie mit erschreckten Augen seine Maske sah, schrie sie nicht, sie floh nicht, sie schien wie gelähmt. Es ging alles sehr schnell. Er hatte nichts empfunden dabei, als er in sie eindrang. Es gab keinen Kampf, kein Wort, und als er sie verließ, lag sie am Boden, zerstört. Wie Sandra damals. War beim ersten Male auf dem Flur noch eine gehörige Portion Erotik dabei, ungestümer Sex, schnelle Befriedigung, war von all dem dieses Mal nichts zu spüren gewesen. Eine Handlung war vollzogen worden, die vollzogen werden musste. Und er hatte sie vollziehen können.

Er hat sich auf eine Berghütte zurückgezogen, Schlaftabletten genommen, um ein paar Stunden aus seinem wahnhaften Zustand herauszukommen. Er spürte nun die Beschleunigung, den freien Fall. Es gab keinen Halt mehr. Sicher saß sie jetzt in ihrem Zimmer im vollen Bewusstsein ihrer Verstrickung in das schreckliche Geschehen der Vergangenheit, im vollen Bewusstsein ihrer tragischen Verstrickung, im Bewusstsein ihrer Schuld. Sie war schuldig, so wie er schuldig geworden war. Sie hatten die Schuld von ihren Eltern übernommen, er von seiner Mutter, sie von ihrem Vater. Es war tragisch, sie beiden, die unschuldigen Kinder von damals, waren mitschuldig geworden am Tod, am Mord an seiner Schwester. Die Tragödie sollte bald vollendet sein.

Er kroch aus seinem Schlafsack, ging nach draußen, um frisches Wasser aus der in Stein gefassten, kleinen Quelle zu holen. Feiner Nieselregen hatte eingesetzt, die Bergwelt rings herum war in dichte Nebelschwaden gehüllt. Zurück in der Hütte, ließ er zunächst die bläuliche Flamme seines Gaskochers aufzüngeln, dann prasselte bald auch das Holzfeuer im Kamin. Niemand würde den Rauch sehen können.

Hierher hatte er sich nach dem Zusammentreffen mit Cutty zurückgezogen, hier wollte er noch ein paar Tage warten, um dann den letzten Schritt zu vollziehen. Eva würde seinen Anruf erwarten.

Der Kaffee war heiß und tat gut, dazu aß er trockenes Brot und etwas später einen Apfel. Dann suchte er sich ein Stück Holz aus. In einer Ecke lagerten verschiedene Hölzer in unterschiedlichen Stärken und Längen. Er schnitzte gerne Laub- und Obstholz, Birne und Kirsche. Nadelhölzer mochte er wegen des Harzes, das seine feinen Finger verklebte und lähmte, nicht. Das Stück Birke lag glatt und sauber in seiner Hand. Einen Totempfahl wollte er schnitzen. Seinen letzten Totempfahl. Birke neigte zwar beim Trocknen zum Werfen, aber das machte bei einem Totempfahl nichts. Er hatte schon viele Totempfähle in seinem Leben geschnitzt, aus allen möglichen

Hölzern, ganz kleine und meterhohe. Einen der ersten, die er in seinem Leben geschnitzt hatte, war ein Geschenk für Eva gewesen. Eva, seine Pocahontas, die ihn, Captain John Smith vor dem Tod bewahrt hatte. Sie hatten oft Indianer miteinander gespielt, auch wenn seine Schwester natürlich nie mitmachte bei ihren Kinderspielen. Dafür war sie zu alt gewesen. Für die bösen Spiele der Erwachsenen jedoch war sie noch viel zu jung gewesen.

Totempfähle und Masken waren die Dinge, die er zeitlebens am häufigsten und am liebsten geschnitzt hatte. Masken und Larven aus allen Materialien: Pappmachee, Wachs, Latex, Schaumstoffe, Ton, Holz, Plastellin, Kunstharz. Karnevalsmasken, Kunstmasken, Kultmasken und Totenmasken. War nicht jedes junge, lachende Gesicht eine Maske? Eine Lebensmaske des Todes.

Seine Mutter war tot, Evas Vater war tot, seine Schwester Sandra war tot. In der Maske seiner Mutter hatte er Eva zuerst besucht, dann in der ihres Vaters. Aber jetzt bald würde er ihr ohne Maske gegenüber stehen. Auf dem schmalen Grat würden sie sich an der Stelle gegenüber stehen, an der seine Schwester in den Tod gesprungen war. Spring doch, du Kuh, stell dich nicht so an, spring einfach und alles wird gut. Lass dich fallen und finde endlich deine Ruhe, deinen Frieden.

Seinen letzten Totempfahl sollte oben ein Adler mit mächtigen, ausgebreiteten Schwingen zieren, die er nachträglich einsetzen konnte. Darunter sollten fünf Menschenköpfe zu erkennen sein. Ein Vater, eine Mutter, zwei Töchter und ein Sohn – eine Schicksalsgemeinschaft bis in den Tod.

Er suchte sich das geeignete Schnitzmesser aus und begann, den Stab mit Kerben einzuteilen. Die Arbeit beruhigte ihn, aus dem Holz floss Kraft in seinen Körper, der, das merkte er erst jetzt, immer noch ganz unruhig gewesen war. Fahrig, die ersten Ansätze mit dem Messer. Und bald war er ganz in seine Arbeit versunken, in der Gewissheit, dass der Schnitt sitzen würde, dass jede Bewegung so genau dosiert war, dass ihm kein Schnitt, keine Kerbe, keine Aushöhlung das Holz verderben würde.

Immer wieder geschah dieses Wunder, wenn er Material in Händen halten konnte, wenn er Material mit seinen Händen formen konnte; es war ein Spiel, ein Liebesakt, aus dem etwas ganz Neues, etwas Vollkommenes erwuchs. Aus seinen Händen, aus dem Bild, das sich in seinem Kopf darstellte im Zusammenspiel mit dem Stück Holz, das in langen Jahren herangewachsen war, das mit der Sonne, dem Regen, dem Wind und dem Schnee, das im ewigen Reigen der Jahreszeiten zu dem geworden war, was er schließlich in seinen Händen hielt, was in seinen Händen zur Vollendung heranwuchs. Die Hände waren es, die den Menschen, neben seiner Sprache und seinem Verstand, vom Tiere unterschieden. Die Hände des Menschen hatte die Evolution genau so sorgfältig geformt und perfektioniert wie das Gehirn. Erst der richtige Gebrauch von Herz, Hirn und Hand zeichnete den Menschen aus.

Nur ein paar Tage würde er brauchen, um den letzten Totempfahl zu schnitzen, nur ein paar Tage würde er hier oben aushalten müssen, dann würde er hinabgehen ins Tal und Eva in der Klinik anrufen. Das Wetter würde sich bis dahin hoffentlich auch bessern, obwohl er sich hier oben so gut auskannte, dass er selbst in völliger Dunkelheit auf- und absteigen konnte. Er würde ihr sagen, dass er sich mit ihr an jener Stelle treffen wollte, an der es damals geschehen war. Eva würde kommen. Sie würde wissen und bereit sein.

16

Eins war klar: Karl würde der Polizei alles erzählen, alles, was er wusste, alles was er ahnte, alles was er befürchtete. Er würde nicht die Fehler begehen, die viele Figuren in all den lausigen Krimis machen mussten, um Spannung beim Zuschauer zu erzeugen. Drei Stationen musste er heute abhaken.

Als erstes musste er auf die örtliche Polizeiwache, sich dort Name und Adresse der Psychologin geben lassen, sich mit der dann treffen. Er musste wissen, ob der Kerl maskiert gewesen war – als Frau, wie damals. Falls nicht, bestünde immer noch die Hoffnung, dass alles nur Zufall war, nichts zusammenhing. Die Karnevalsnummer nicht mit Cuttys Tod, und die Vergewaltigung weder mit der Karnevalsnummer noch mit Cuttys Tod. Die Landbullen musste er auffordern, ihre Ermittlungsergebnisse nach München weiterzugeben an Kommissar Hahn. Gleichzeitig sollten sie sein Kommen für heute Nachmittag im Präsidium ankündigen. Das wäre dann der dritte Termin für diesen Tag.

Die Polizei, so wie dieser Arsch von Mockingo das gesagt hatte, Karl massierte bei dem Gedanken mit der rechten Hand seinen Nacken, klang das ganz so, als hätte die Polizei ihn im Verdacht. Um so richtiger, dass er sich selbst sofort dort gemeldet, sich nach dem Verbrechen an Eva erkundigt und seine Mitarbeit angeboten hatte. Er würde alle seine Informationen preisgeben, sollten sie doch sehen, was sie damit anfangen konnten.

Scheiße hoch drei, dachte Karl, der da hinter dem Steuer hockte und sich ziemlich unachtsam durch den regennassen Verkehr lavierte. Spätestens jetzt fühlte er sich hoffnungslos überfordert, hoffnungslos. Und das Schlimme war, er besaß genügend Phantasie und Menschenverachtung, sich vorstellen zu können, was alles noch möglich war. Wenn die drei Vorfälle zusammenhingen, würde es einen weiteren geben. Alex? Eva?

Und er wusste, dass er absolut machtlos war. Er hatte nicht die leiseste Ahnung, wer oder was dahinter stecken konnte, also war nach seiner Logik der weitere Verlauf überhaupt nicht kalkulierbar. Hätte er gewusst, wer oder was dahinter steckte, man hätte etwas unternehmen können. Er wusste nichts. Gar nichts. Und deshalb würde er der Polizei alles erzählen, alles, was er wusste, alles, was er vermutete. Wie oft hatte er sich beim Anschauen von Krimis geärgert, wenn Figuren sich völlig unsinnig verhielten, Fehler um Fehler begingen, Informationen zurückhielten, ihren Vergewaltiger deckten, weil sie sich schämten. Karl wusste natürlich auch, dass der Durchschnittszuschauer selten dachte, mein Gott, was ist das nur für ein schwachsinniger Drehbuchautor, sondern mit der gepeinigten jungen Frau fieberte, sie wird doch nicht, nein, tu's nicht! Und sie tat es doch. Wie beim Kasperle-Theater, ruft mal alle laut Kasper! Kasper! Mörder, schrie Karl, Mörder! Und dachte an Evas Tante und den Besuch auf dem Friedhof. Eva hatte am Bahnhof gesagt, der als Frau verkleidete, maskierte Mann, habe gemeint, beim nächsten Mal kommt Papa. Beim nächsten Mal. Noch wusste Karl nicht, ob das, was gestern geschehen war, diese nächste Mal gewesen war.

Auf der örtlichen Polizeiwache ging es flott, wie Karl es sich erhofft hatte. Er hatte Glück und konnte kurz mit Kommissar Hahn am Telefon reden, er teilte mit, dass er den Verdacht hatte, Cuttys Tod und Evas Vergewaltigung könnten vom gleichen Täter ausgeführt worden sein.

Termin Eins war abgehakt, erfolgreich abgehakt, denn man hatte für ihn ohne weiteres ein sofortiges Gespräch mit der Psychologin arrangiert.

Karl setzte sich in sein Auto und zwang sich zur Ruhe, er durfte keinesfalls hektisch werden. Er musste ruhig bleiben, damit seine ganze Aufmerksamkeit stets vorhanden war, damit ihm nichts entging, kein Detail, das vielleicht einmal von Bedeutung sein konnte, dass er gleichzeitig in der Lage war, alle seine Reservoires anzuzapfen.

So saß er ein paar Minuten in seinem Wagen, beobachtete, wie die Regentropfen die Scheibe hinabperlten und erst als die Scheibe anfing, von innen zu beschlagen, startete er den Motor, schaltete das Gebläse ein und wollte gerade losfahren, als sein Mobiltelefon klingelte.

Es war Yvonne. Er erzählte ihr, was er erfahren hatte, mit wem er bereits gesprochen hatte und mit wem er alles noch sprechen wollte, musste, heute.

„Und", setzte er hinzu, „ich werde dem Hahn in München alles erzählen, alles was ich weiß."

„Auch das mit dem Anrufbeantworter?" – „Ja, Yvonne", sagte er, „auch das mit dem Anrufbeantworter." Immerhin sei der Anruf von Cutty das bisher stärkste Indiz dafür, dass die Fälle Cutty und Eva zusammenhängen könnten, dass Evas Vergewaltiger Cuttys Mörder sein könnte. Karl fragte sich, ob Yvonne, wenn sie allein zu entscheiden hätte, weiterhin diese brisante Information zurückhalten würde. Sie hatte einen Fehler begangen, und den wollte sie nach Möglichkeit nicht zugeben müssen. Sollten am Ende die Autoren mit ihren so schwachsinnig angelegten Figuren doch nahe an der Realität sein? Aber Yvonne meinte abschließend, „du wirst es schon richtig machen, Karl." Und genau das hatte er vor und machte sich auf die Fahrt nach München.

*

„Man könnte denken, und ich denke das selbst manchmal verzweifelt, was kann schon da dran sein. Eine Frau wird gefickt, na und, das passiert ständig. Wo sind die Grenzen zwischen perfekter Verführung, Ausnutzung von Macht als Chef, Überredungskunst, Nötigung des Ehemannes, ,halt die paar Minuten still, tu mir den Gefallen', und harter Vergewaltigung?
Ich kann Ihnen die Grenze sagen: Eine Frau, die vergewaltigt worden ist, ist Opfer eines Verbrechens geworden, das sie nie verschmerzen wird. Sie können es mir glauben, ich habe genug Frauen gesehen in meiner Praxis, die das hinter sich haben, und bei denen mir klar war, das wird nichts mehr, die sind fertig für den Rest ihres Lebens. Vielleicht schaffen sie es, auf eine reduzierte Art und Weise, als Behinderte ohne anerkannte Behinderung sozusagen, weiter zu leben, viele, zu viele schaffen nicht einmal das mehr."
So war Karl von der Psychologin empfangen worden. Wenn man ihn vorher gefragt hätte, was und wen er in der Praxis erwartete, er hätte mit den Schultern gezuckt, weil er keine bestimmte Vorstellung hatte. Was er zu sehen und hören bekam, überraschte ihn, brachte ihn gar kurzzeitig aus der Fassung. Was er erwartet hatte, wahrscheinlich entweder eine alte Tante, die in einer uralten Einrichtung praktizierte oder aber eine schicke Vierzigerin, die in einem schicken Ambiente die schicken Psychosen ihrer ebenso schicken Patienten pfleglich behandelte. Das Ambiente war Amtsstube, man hatte Eva von einer Amtsärztin erstversorgen lassen. Karl war ja auch im

116

Polizeipräsidium, wurde ihm bewusst. Frau Dr. Inga Huntz hatte sicher in Bogenhausen die schicke Praxis. Die Amtsärztin war jung, höchstens Anfang dreißig, hatte ihr dunkles, langes Haar im Nacken kunstvoll zusammengesteckt und sah wirklich verdammt gut aus mit einer unglaublichen Figur, die in dem gestärkten weißen Kittel Atem beraubend zur Geltung gebracht wurde. Vor dreißig Jahren hätte Griener hier ohne jede Änderung seinen richtig geilen Amtsärztinnen-Report abdrehen können.

Aber Karl schaffte es sich zu revanchieren, denn natürlich hatte sie seine Verwirrung bemerkt und genau so erwartet, natürlich. Mit seiner Frage nach der Verkleidung, ob der Vergewaltiger wieder als Frau verkleidet und maskiert aufgetreten sei, brachte er sie auch aus der Fassung, zumindest kurzzeitig.

Und es gab noch einen stillen Dialog. Karl dachte mal wieder, hört das denn nie auf? Bei manchen erst sehr spät, bei manchen gar nicht, sagte ihm ihr Blick mit einer waghalsigen Mischung aus Nachsicht, erotischem Appeal, Angewidertsein und echter Empörung. Da lag Karls beste Freundin nach einer Vergewaltigung auf der Intensivstation und ihm kamen keine andere Gedanken als diese. Während der konzentrierten Arbeit des langen Tages und Abends musste er sich immer wieder daran erinnern, was geschehen war, nicht wegzublenden.

Danach waren sie beide bereit, ein ergiebiges Gespräch zu führen. Er erzählte ihr die ganze Vorgeschichte, sie versorgte ihn mit allen Details der Vergewaltigung. Viele waren es nicht. Eva war völlig am Ende, lag in der Uniklinik auf der Intensivstation. Und tatsächlich, der Vergewaltiger war verkleidet und maskiert gewesen, aber nicht als Frau sondern als Mann, und, ja, von Papa war die Rede in Evas verstörten, unzusammenhängenden Sätzen, denen sie gemeinsam nun doch etwas mehr Sinn entnehmen konnten.

Eva hatte keine weiteren Verletzungen hinnehmen müssen, was Prellungen, Brüche oder Schnittwunden anging. Es hatte keinen Kampf gegeben, keinen körperlichen Kampf. Aber einen anderen Kampf, eine andere Verletzung und diese andere Verletzung war verheerend.

Als sie sich von einander verabschiedeten, tauschten sie ihre Karten aus, und sie meinte, das nächste Mal treffen wir uns in meiner Praxis.

Fast hätte er gesagt, sie wird mir nicht gefallen. Sie hätte geantwortet, sie muss Ihnen auch nicht gefallen. Und auf seine Gegenfrage, warum nicht, hätte sie gemeint, sie muss nur meinen Patienten gefallen. Worauf er nichts mehr gesagt hätte.

Stattdessen meinte sie, „ich werde sehen, dass wir Eva gemeinsam besuchen können in ein paar Tagen."

Obwohl Frau Dr. Inga Huntz ihm den Weg erklärte, den angeblich kurzen und leicht zu merkenden Weg von ihrer Amtsstube zur Amtsstube von Kriminalhauptkommissar Hahn, landete Karl Schmidt nach fast zehn Minuten entnervt beim Pförtner und ließ sich erneut einweisen und fand den Weg dann auf Anhieb. Den Worten eines rund sechzigjährigen, dickbäuchigen Pförtners schenkte man unter bestimmten Umständen mehr Aufmerksamkeit als denen einer dreißigjährigen, Atem beraubend schönen Polizeipsychologin und Amtsärztin.

17

Hahns Amtsstube sah im wesentlichen genau so aus wie die der Polizeipsychologin, abgesehen davon, und das realisierte Karl erst jetzt, dass in des Kommissars Zimmer die üblichen Büropflanzen standen, denen man ihre tropische Herkunft nun wirklich nicht mehr ansehen konnte. Dagegen hatte Frau Dr. Huntz sehr erlesene Pflanzen, nur wenige, große und somit alte Palmen, denen Speziallampen ausreichend Licht gaben, fotogen zur Fotosynthese, und die sie auf Grund ihres Alters kaum selbst herangezogen haben dürfte.

Hahn bot Schmidt einen Kaffee an, den Karl gut gebrauchen konnte.

„Sie glauben also, Herr Schmidt, dass die Ermordung von Katharina Süß mit der Vergewaltigung von Frau Eva Kupper, ich habe mir einen Kurzbericht eben bringen lassen, zusammenhängt, im Klartext, dass es sich um den gleichen Täter handelt."

Ganz so wollte Karl das nicht stehen lassen, sondern bat den Kommissar mit dem Bewerten und Schlüsse ziehen doch zu warten, bis er seinen ganzen Bericht abgeliefert hatte. Und für den brauchte er eine gute Viertelstunde, in der vom Kommissar nicht ein Wort, keine Frage, kein

Kommentar zu hören war. Karl Schmidt war Autor und er wusste, worauf es jetzt ankam.

Nachdem er geendet hatte, überlegte Hahn kurz, sagte dann, „schauen Sie sich das an." Er ließ seinen PC hochfahren, suchte eine Weile herum.

„Herr Schmidt, Sie haben sich doch vor einiger Zeit die Aufnahmen aus Frau Süß' Camcorder angeschaut, einen Teil davon."

„Ja, richtig, aber da ergab sich nichts Bemerkenswertes."

„Nun gut. Dann fangen wir mal von hinten an. Das heißt, wir schauen uns mal das kurze Stück an, das Frau Süß als letztes aufgenommen hat. Auf diesen Digitalaufnahmen ist ja immer genaues Datum und Uhrzeit gespeichert."

Sie sahen sich den kurzen Ausschnitt an, der Aufnahmen aus einer Kneipe enthielt. Der Kommissar ließ alle paar Sekunden das Bild einfrieren, könnte der Mann dabei sein, mit dem Frau Süß sich getroffen hat?

„Das kann tatsächlich sein. Den Mann da kenne ich, glaube ich. Lassen Sie mich mal schauen, ich sagte Ihnen doch, dass ich eine Liste erstellt habe mit den Männern, die möglicherweise an Fasching in dem Frauenkostüm an Eva, mit Eva, na ja, auf dem Flur gebumst haben."

Karl kramte seinen Palmtop aus dem Rucksack, schaltete ihn an und ging die gespeicherte Liste durch. Hahn lächelte: „Das scheint ein Hobby von vielen zu sein, Daten von anderen zu speichern."

Karl entschuldigte sich: „Frau Kupper hatte mich darum gebeten, weil sie wissen wollte, wer in Frage kommt für das, für die Karnevalsnummer. - Das müsste Jörg Falterer sein, der war damals für ein paar Wochen oder vielleicht zwei Monate bei uns, ich weiß nicht mehr genau, was er machte. Aber der käme nach Alter und Figur auf jeden Fall in Frage. Andererseits kannte ihn natürlich auch Cutty, also Frau Süß, aus dem Studio, so dass es unter Umständen nicht viel heißen muss ..."

Zurück in Hahns Zimmer, ließ der einen seiner Assistenten kommen und wies ihn an, in einer Stunde alles über Jörg Falterer in Erfahrung zu bringen. Hahn und Schmidt einigten sich darauf, dass Karl so lange da bliebe. In der Zwischenzeit wollte auch Hahn ihn darüber unterrichten, was die Kripo im Falle Katharina Süß herausgefunden hatte. Karl spürte, dass er nun eine sehr wichtige Person in dem ganzen Geschehen geworden war. Was Hahn ihm erzählen konnte, was Hahn über all die Intrigen von Griener, Kulla, Cutty, Alex, Eva und auch über Karl selbst herausbekommen hatte, war Karl weitestgehend bekannt, und vielleicht wäre hie und da auch so etwas wie ein Motiv auszumachen gewesen, aber wirklich Handfestes gab es nicht.

Als die Stunde herum war und Karl hoffte, bald nach Hause zu kommen, erlebte er eine Überraschung, eine Epiphanie. Jörg Falterer, freischaffender Maskenbildner und Modelliermeister, Skulpteur und Bildhauer, wohnhaft Angerweg 35, wurde dort nicht angetroffen. Hahn wies sofort seine Leute an, die Wohnung vom Hausmeister öffnen zu lassen oder auch aufzubrechen. Und zwei Stunden später kamen sie zurück und brachten mit: jede Menge Masken, Skulpturen, Kleidung, Maskerade.

„Das volle kriminaltechnische und genetische Programm", ließ Kommissar Hahn nun in Gang setzen, „die Spuren an dem Zeugs in der Wohnung vergleichen mit denen aus dem Fall Süß und mit der aktuellen Vergewaltigung an Frau Kupper. Morgen früh wissen wir, ob er der Täter ist."

Karl war sich sicher, dass Jörg Falterer der Täter war. Die Masken, die Verkleidung, die Camcorder-Aufzeichnungen. Es gab keinen Zweifel mehr. Und morgen früh wären auch die Beweise da, dessen waren sich nun alle absolut sicher.

„So, nun haben wir einen Täter, aber kein Motiv. Sonst ist das eher umgekehrt, es gibt jede Menge Motive, also

jede Menge Tatverdächtige, aber erst am Schluss, wenn
man Glück hat, erwischt man den Täter."
„Schreiben Sie auch Krimis, Herr Schmidt?"
„Ja, ich habe gerade meinen zweiten Auftrag für einen
Tatort bekommen."
„Da können Sie ja vielleicht ein bisschen was lernen bei
uns."
„Vielleicht. Aber Sie wissen es doch besser als ich, die
Dramaturgie eines Fernsehkrimis folgt ganz anderen
Vorgaben. Ich muss die Kommissarin in einem be-
stimmten Licht erscheinen lassen, der Stoff, also der
Konflikt, aus dem das Verbrechen resultiert, ist vorgege-
ben. Dann darf ich zwar jede Menge Verdächtige mit
ihren jeweiligen Motiven vorführen, dabei sogar tief in
die Kiste mit Klischees und Vorurteilen greifen, aber am
Ende sollte der Täter, die Täterin, möglichst jemand sein,
der aus persönlichen Motiven zu der Tat hingerissen
worden ist. Der Täter, das ist zur Zeit ungeschriebenes
Gesetz, muss ein tragischer Held sein, dessen Tat zwar zu
verurteilen ist, dessen Motivation aber nachvollziehbar
sein sollte."
„Gut, Herr Schmidt."
Es entstand eine Pause. Dann rief Kommissar alle seine
Leute zusammen und entließ die meisten von ihnen in
den Feierabend, es war bereits nach 19 Uhr, fiel Karl
brennend heiß ein, Yvonne würde schon warten.
Zum kleinen Stab, zu dem sein Assistent und drei weitere
Beamte, ein junge Frau darunter, gehörten, mussten bleiben. Karl sollte auch bleiben.
„So, Meier, Du bestellst für sieben Personen beim Mexi-
kaner was zu essen und zu trinken und zitierst die Hündin
her. Wir machen erst Feierabend, wenn wir etwas über
sein Motiv wissen. Nur so können wir herausfinden, was
er vorhat. Verführung, Mord, Vergewaltigung. Wir können, wir dürfen nicht davon ausgehen, dass damit Schluss
ist. Die Reihe könnte weitergehen. Wieder eine Verge-

waltigung oder gar noch ein Mord? Hat er Frau Kupper im Visier oder vielleicht eine andere junge Frau aus dem Studio?"

„Alex", stöhnte Karl, „die ganze Zeit werde ich den Gedanken nicht los, das nächste Opfer könnte Alexandra sein."

„Alexandra Folkas?"

Karl nickte, si, Alex Vollgas.

„Wie kommen Sie ausgerechnet auf Frau Folkas?"

„Ich weiß es nicht. Irgendwie scheint sie in diese Reihe zu passen. Eva, Katharina."

„Herr Schmidt, Sie sind für uns so eine Art Kronzeuge, eine Art informeller Mitarbeiter. Sie haben sich selbst als verdeckter Ermittler betätigt und ich werde das im nachhinein aufgrund der besonderen Umstände sanktionieren. Aber Ihnen ist klar, dass Sie über alles, was Sie hier erfahren, zu schweigen haben."

Karl nickte.

„Frau Folkas war es, die Herrn Griener vor einiger Zeit verprügelt hat. Er wollte, wie sie sich ausdrückte, ihr an die Wäsche. Beide wollten jedoch, dass das nicht bekannt wird im Studio und auch sonst nirgendwo."

Hätte Karl davon früher erfahren, er wäre Jörg vielleicht nie auf die Spur gekommen, er hätte Griener gegen alle Vernunft noch stärker verdächtigt, als er es ohnehin getan hatte. Griener mit seinem aufgedunsenen und zerfurchten Gesicht, dem man jeden einzelnen Missbrauch ansah. Missbrauch, den er mit seinem eigenen Körper getrieben hatte, Missbrauch, den er mit so vielen fremden Körpern getrieben hatte.

Der Kommissar hatte Recht, nur über das Motiv konnten sie herausfinden, ob ein weiteres Verbrechen zu befürchten war und wenn ja, wer als potentielles Opfer in Frage kam und geschützt werden musste.

„Auf jeden Fall, Meier, muss jemand in die Klinik und vor Frau Kuppers Zimmer Wache halten, wir dürfen

nichts riskieren", veranlasste Hahn, und dann war auch schon das Mexikanische Essen da, heiß und scharf, unmittelbar gefolgt von Frau Dr. Huntz. Sie trug nun eine anthrazit-graue Hose mit ganz schmalen, unten geschlitzten Beinen, halbhohe Schuhe und einen schwarzglänzenden Regenmantel; es regnete immer noch.
Hahn und Huntz begrüßten sich herzlich mit Küsschen auf die Wange, er nannte sie Inga und sie ihn Alfred.
„Sie hat mir mal das Leben gerettet", erklärte Hahn so knapp wie kryptisch.
Die Welt war voller Überraschungen. In einem Krimi könnte man eine interessante Verbindung für eine oder auch mehrere Folgen basteln, ging es Karl durch den Kopf, cute meet, hätte Alex vorgeschlagen. Brennend heiß fiel ihm gleichzeitig ein, dass er Zuhause anrufen musste. Er ging auf den Flur, schaltete sein Mobiltelefon ein und auf seiner Mailbox waren auch schon zwei Anrufe von Yvonne.
„Entschuldige, Liebling, dass ich erst jetzt wieder anrufe, aber die haben mich hier voll in ihre Ermittlungstätigkeit eingespannt, mit ziemlicher Sicherheit haben wir den möglichen Täter, ich werde dir das später alles erzählen."
Sie hielt ihm vor, dass er doch noch mit Alice ihren Aufsatz über Shakespeares „The Tempest" durchgehen wollte. Aber, so Karl, das könne sie doch genauso gut, und außerdem müsse Anna in ihren Unterlagen noch was haben, daran könne er sich erinnern.
Nach dem mexikanischen Essen und dem eiskalten mexikanischen Bier wurde diskutiert und erörtert, wo könnte Jörg sein Motiv, seinen Stoff hergenommen haben. Die halbe Weltliteratur, seien es nun Romane, Theaterstücke oder auch Filmstoffe waren aus diesen Zutaten gestrickt. Sex, Liebe, Gewalt und natürlich familiäre Konflikte, das war ja schon bei den alten Griechen und nicht nur im Ödipus-Stoff so. Die ganze Konstellation um Griener,

Kulla, Eva, Cutty, Alex und auch Karl selbst war natürlich konfliktträchtig gewesen.

Von Hitchcock wusste man beispielweise, dass er nicht nur die Nerven seines Publikums strapazierte, sondern auch gerne die seiner Schauspieler und Schauspielerinnen. Während der Dreharbeiten zu dem Film „39 Stufen" mussten Richard Donat und Madeleine Carroll mit Handschellen aneinander gekettet werden. Hitch behauptete dann, die Schlüssel verloren zu haben und die armen Schweine waren den ganzen Tag aneinander gefesselt.

„Selbst so ein kleines Licht wie Griener kann unglaublich erfinderisch werden, wenn es darum geht, die Schauspieler zu piesacken. Und von den Marotten der Schauspieler und Schauspielerinnen muss ich ja erst gar nicht anfangen zu erzählen ..."

„Das irritiert mich sowieso ein wenig, Herr Schmidt, dass in diesem Fall nicht die Schauspieler die Akteure zu sein scheinen, sondern all diejenigen Figuren, die im Hintergrund, in den Kulissen arbeiten, die man nie auf der Leinwand sieht."

Wie also gehörte Jörg dahinein? Am einfachsten wäre es gewesen, ihn selbst zu fragen, wenn man ihn hatte.

Wo konnte er sein? Er konnte abgehauen sein. Er konnte nach Frankfurt oder sonst wohin gefahren sein, sich dort ein Wohnmobil gemietet haben und auf irgend einem Campingplatz am Starnberger See stehen. Sich in eine Höhle in irgend einem Berg verzogen haben. Er könnte, bei seinen Fähigkeiten, mit einer Gesichtslarve unbehelligt durch München marschieren.

„Mit anderen Worten, wir haben keine Chance."

„Er wird uns jedenfalls nicht die Chance geben, in aller Ruhe zu ermitteln."

Es war schon nach zehn, als Hahn noch einmal alle Fakten rekapitulierte und dann fragte, was es sonst noch gebe. Die Assistentin kam mit weiteren Rercherche-Ergebnissen, „also Falterer ist der Name, den er von seiner

Frau angenommen und nach der Scheidung behalten hat, sein Geburtsname ist Herzog, und er ist in Bad Tölz geboren worden und in Tutzing am Starnberger See aufgewachsen.“

„Halt“, rief Karl. „Da ist auch Eva aufgewachsen und zur Schule gegangen, die beiden sind etwa gleichaltrig, sie müssen sich kennen!“

Epiphanie, die zweite!

Es wurde still in der Runde, Frauenmaske, Männermaske, Vater, Mutter. Konnte es etwas Familiäres sein? Wen gab es noch in der Familie?

„So weit ich weiß, nur Evas Mutter, die in der Lüneburger Heide, in Celle, irgendwo da oben lebt. Eva und ich waren vor einiger Zeit in Tutzing auf der Beerdigung einer Tante, die wohl die letzte aus der Sippe war.“

Karl erinnerte sich natürlich an ihren gemeinsamen Besuch auf dem Friedhof und an die Tatsache, dass Vroni lautlos ein Wort geformt hatte, von dem Karl nun sicher war, dass es das Wort „Mörder“ war.

Und nun geschah wieder die Verwandlung des kleinen, dicken Kommissar Hahn, dieses Hitchcock-Imitats, in ein Bündel reiner Energie, aus dem der Dampf einer dicken Zigarre quoll.

„Zwei Beamte in Zivil sofort in alle Dorfkneipen, ich will jedes nur denkbare Gerücht, jeden Klatsch, den es über die Familien Kupper und Herzog gibt, in einem Bericht haben morgen früh. Und wenn sie das ganze Dorf besoffen machen müssen. Die Kollegen in Celle“, fragender Blick auf Karl, der nickte, ja, die Mutter lebte in Celle, „sollen die Mutter noch heute Abend vernehmen und morgen früh will ich sie auf dem Präsidium dort zu einer Konferenzschaltung haben. Dann soll sie sich in einen Zug setzen und herkommen. - Was können wir heute noch tun? Ich fürchte, nichts. Keine Fahndung. Wir werden uns morgen eine Strategie überlegen, wenn wir alle

Ergebnisse und Fakten, alle Gerüchte, Indizien und Vermutungen durchgehen und die richtigen Schlüsse ziehen."
Als Karl aus der Tür gehen wollte, rief ihm der Kommissar nach: „Wir haben übrigens Aufzeichnungen bei Frau Kupper gefunden, schriftliche und Tonaufzeichnungen. Es lag ein Zettel dabei, der besagt, dass alles, sollte ihr etwas zustoßen, Ihnen zu übergeben ist."
Das wusste Karl doch: „Ich weiß, wir haben gelegentlich gemeinsam dran gearbeitet."
Und er hoffte, dass er es geschafft hatte, sich selbst in einem guten Licht erscheinen zu lassen.

18

„Jo, Grüß Gott, i hett gern des Froilein Kupper on den Apparat.“

„Warten Sie bitte einen Moment, ich frage mal nach, wo sie sich im Moment befindet.“ Es erklang die Wartemusik, die er schon kannte. Nach etwa einer halben Minute: „Hören Sie, sind Sie noch da? Ich stelle durch.“

Wieder zwanzig Sekunden Musik, dann: „Guten Tag, was kann ich für Sie tun?“ Zum nächsten Apparat, Wartemusik, er legte auf. Jetzt hatte man ihn fast zwei Minuten am Apparat gehalten und womöglich herausgefunden, von wo aus er angerufen hatte.

Heute morgen hatte er schon einmal in Evas Klinik angerufen, hatte sich hochdeutsch und mit heller Frauenstimme von seinem Handy aus gemeldet, auch da war er hin und her geschaltet und vertröstet worden, bis er aufgelegt hatte. Zwei Stunden hatte er sich unauffällig, mit leichter Maskerade, bei der Klinik aufgehalten, so dass kein Zweifel mehr bestand. Er verließ die Telefonzelle und trat hinaus in das Gewimmel des Münchner Bahnhofs. Er war konsterniert, das konnte nicht sein. Er hatte fest mit Evas Einverständnis gerechnet, mit ihrer Bereitschaft, wie er Sühne zu tun, mit ihm zu büßen für das, was ihr Vater und seine Mutter seiner Schwester angetan hatten. Sie hatte seinen Anruf erwartet, aber sie wollte nicht kommen. Sie hatte Angst, sich ihrem unvermeidlichen Schicksal zu stellen. Sie wollte vor ihrer Schuld davon laufen?

Während er Eva heimlich auf dem Straßenfest beobachtet hatte, war ihm ein Gedanke gekommen. Er wusste, wie er Eva zwingen konnte, sich mit ihm auf dem Berg zu treffen. Er hatte gesehen, wie Eva mit einem Mädchen aus der Türe getreten war. Ein Mädchen von ungefähr sechzehn Jahren. Das Mädchen musste eine von Karl Schmidts Töchtern sein.

Eva hatte also die Polizei eingeschaltet, die nun versuchte, ihn aufzuspüren. Gut, dass er nicht mehr in seine Wohnung gegangen war, gut vor allem, dass er noch vor dem zweiten Akt mit Eva mehrere tausend Euro von seinem Konto abgehoben hatte. Er musste nichts mehr abheben, seine Spur war also nicht an den Kontoabbuchungen verfolgbar. Und er würde jetzt Geld brauchen. Wahrscheinlich hatte Eva der Polizei seine Identität preisgegeben, wahrscheinlich wusste die Polizei auch schon, dass er der Mörder von Cutty war. Zwar hatte er bei ihr wie bei Eva ein Präservativ benutzt, aber ansonsten hatte er keinen Wert darauf gelegt, Spuren zu vermeiden oder zu beseitigen. Das war auch nicht weiter schlimm. Er brauchte nur noch zwei oder drei Tage, dann wäre die Sache abgeschlossen, und zwar so abgeschlossen, wie er sie zu Ende führen wollte und musste; Eva würde sich fügen müssen.

Seinen Wagen hatte er auf einem Wanderparkplatz abgestellt, wo es nicht unüblich war, dass Autos von Wanderern für eine ganze Woche abgestellt wurden. Jörg hatte sich eine Bahnfahrkarte nach Stuttgart gekauft und sein Zug stand schon auf dem Geleise. Er stieg ein. Während der Bahnfahrt ging er alle seine bisherigen Handlungen und Pläne durch. Früher oder später würde er der Polizei in die Arme laufen, das war klar, er konnte sich nicht

ewig in der Gebirgshütte verkriechen, wollte er auch
nicht. Auch wenn er in seiner Hütte Gesichtslarven, Mas-
kierungen und Kostümierungen hatte, um selbst in München eine ganze Zeitlang unbemerkt existieren zu können. Alles, was er brauchte, waren nur zwei oder drei
Tage, um endlich die Sache zu Ende zu bringen. Er
musste die Sache zu Ende bringen, das war er seiner
Schwester Sandra schuldig, das war er sich selber schuldig; denn nur so konnte er seine Schuld los werden.
Im Stuttgarter Bahnhof angekommen, lief er auf einen
Stricher zu und fragte ihn, ob er sich zwanzig Euro ver-
dienen wolle, „klar, doch. Wo?"
Jörg bat den jungen Mann, mit ihm in einen Mediamarkt
zu gehen, dort für ihn ein Handy auf seinen, also des
jungen Mannes, Namen zu kaufen. „Meine Frau soll nicht
wissen ..." Sein eigenes durfte er nicht mehr benutzen, da
es auf seinen Namen angemeldet war.
Er mietete sich einen Wagen, besorgte Chloroform und
KO-Tropfen, Schlaftabletten, Tapepflaster und Handschellen aus Kunststoff. Da es schon ziemlich spät geworden war, nahm er sich ein Hotelzimmer irgendwo auf
der Fahrt zwischen Stuttgart und München, verbrachte
eine unruhige Nacht, stand sehr zeitig auf, frühstückte,
fuhr den Rest der Strecke und war rechtzeitig da, um
Schmidts Tochter auf ihrem Weg zur Schule zu folgen.
Sie fuhr mit ihrem Roller, und er wusste nun, dass es
funktionieren würde.
Wieder in seiner Hütte, packte er ein paar Lebensmittel
zusammen, schleppte das Zelt zu dem Versteck, das er
sich ausgesucht hatte. Eine Stelle, die auf halbem Weg zu
dem Grat war, an dem Sandra zu Tode gekommen war,
auf halbem Weg zwischen dem Tal und der Stelle, an der
er Eva begegnen würde, zum dritten und letzten Mal. Das
Zelt baute er auf, ging noch einmal zur Hütte und brachte
auch die Lebensmittel und Schlafsäcke zum Zelt. Das
Wetter war perfekt, unten im Tal Dunst und Nebel, ab

tausend Metern Höhe Sonnenschein mit leichter Quell-
bewölkung. Und es sah stabil aus, das würde den Tag
über und wohl auch morgen noch so bleiben. Dennoch
würde es nicht ganz einfach werden, den Aufstieg hierher
mit dem Mädchen zu schaffen. Er musste sich beeilen, er
wusste, wann die Schule aus war. Er war in der kurz in
der Schule gewesen, hatte sich kundig gemacht. Es würde
nichts schief gehen. Gerade weil er sich keine lange Vor-
bereitungszeit leisten konnte, musste seine Aktion alle
überraschen.

19

Seit langem saßen Karl und Yvonne wieder einmal gemeinsam am Frühstückstisch, Ali und Susi hatten gerade das Haus verlassen, um zusammen auf Alis Vespa zur Schule zu fahren. Yvonne würde Susanne mittags mit dem Auto abholen, da Alice zwei Stunden Nachmittagsunterricht hatte.

Anna war seit einigen Tagen in Würzburg, sie hatte sich an der Uni fürs Studium eingeschrieben, sie suchte dort jetzt ein Zimmer. Rebecca war schon seit einiger Zeit in Genf, und es war abzusehen, dass Karl und Yvonne in ein paar Jahren alleine in ihrem Häuschen saßen.

Die letzten Tage waren unglaublich aufregend gewesen, dramatischste Entwicklungen innerhalb kürzester Zeit waren eingetreten. An dem Tag nach Evas Vergewaltigung, Montag, war Karl morgens zur Klinik gefahren und erst spät abends aus dem Polizei-Präsidium nach Hause gekommen. Noch in der gleichen Nacht hatte Karl drei Stunden daran gearbeitet, eine Synopse für seinen Tatort zu schreiben, für Donnerstag, also heute, war das Meeting angesetzt, auf dem Karl sein Konzept präsentieren sollte.

Es ging um einen Spielervermittler, der hauptsächlich junge Männer aus Afrika an deutsche Fußballvereine vermittelt. Moderner Sklavenhandel. Der Kerl ist natürlich ein Kotzbrocken, der außerdem auch illegal junge Frauen nach Deutschland einschleust, die hier in Bordellen als Sexsklavinnen ausgebeutet werden. Nach einer Meisterschaftsfeier landet eine Mannschaft in einem Bordell, dort trifft ein afrikanischer Spieler auf seine Schwester. Das Geschwisterpaar musste aus Somalia oder Äthiopien sein, das Mädel sollte aussehen wie Waris Dirie. Am nächsten Tag ist der Sklavenhändler tot. Karl hatte noch ein paar andere Verdächtige mit Motiv parat, die Ehefrau natürlich, die von ihrem Mann misshandelt wird, sein Sohn, der die Somalierin liebt, jede Menge Neider, na ja, das reichte fürs Erste.

In den beiden darauffolgenden Tagen schaffte er es, trotz vielerlei Ablenkungen und mehrerer Termine bei Kriminalhauptkommissar Hahn, sein Konzept so weit zu bringen, dass er auf Zustimmung hoffen durfte. Schon am nächsten Tag war klar, dass Jörg Falterer, geborener Herzog, derjenige war, der Cutty erwürgt und Eva vergewaltigt hatte. Die Mutter war vernommen worden und auch die Exfrau von Jörg. Seine Impotenz war der Scheidungsgrund gewesen, er hatte bei ihr nie einen hoch bekommen. Das schien unglaublich, aber Frau Dr. Huntz hatte eine Erklärung. Wahrscheinlich habe er die Frau geliebt und aufgrund der traumatischen Kindheits- und Jugenderlebnisse sei er nicht in der Lage gewesen, die körperliche Liebe zu vollziehen. Erst als Jörg mit Eva bumste, hatte er eine Erektion, weil er, so Frau Doktor, seine Sexualität instrumentalisieren konnte, weil er sie zu einem Instrument der Rache oder, nach seiner Sichtweise, zu einem Instrument der Gerechtigkeit machen konnte.

Die Starnberger hatten jede Menge Gerüchte und Klatsch geliefert. Die Herzogs und Kuppers mit ihren drei Kindern, Sandra, Eva und Jörg, waren Mitte der siebziger bis Anfang der achtziger Jahre unzertrennlich und unternahmen alles gemeinsam. Bis dann eines Tages herauskam, dass Evas Vater und Jörgs Mutter Jahre lang ein Verhältnis gehabt hatten. Herausgekommen war all das aber erst, nachdem Sandra zu Tode gekommen war. Im Polizeibericht von damals war von einem Unglücksfall die Rede. Die Starnberger hatten verschiedene andere Versionen. Selbstmord, weil Sandra von ihrer Mutter und ihrem Liebhaber in ihr sündhaftes Treiben hinein gezogen worden war. Gar von Mord war die Rede. Manche vermuteten, dass Sandra sich ihrem kleinen Bruder anvertraut hat, der damit schon überhaupt nicht klar kam und in seiner Verzweiflung und Panik seine Schwester bei einer Bergwanderung an der Benediktinerwand in die Tiefe stürzte.

Es sah also ganz so aus, als wollte sich Jörg an Eva rächen, auch wenn sie, die wie Jörg damals elf, zwölf Jahre alt war, wahrscheinlich am wenigsten schuldig war, wenn man ihr nicht die Schuld ihres Vaters im nachhinein anhängen wollte.

Jörg war, was nicht überraschen konnte, nicht aufzufinden, er hatte einen größeren Betrag von seinem Konto abgehoben, sein Mobiltelefon war seit Tagen tot; er war abgetaucht. Unmittelbare Gefahr für Eva schien im Moment nicht zu bestehen. Die Polizei hoffte darauf, dass er nach einiger Zeit bei Eva, die morgen aus der Uniklinik wieder in ihre Klinik am Starnberger See gebracht werden sollte, weiterhin mit Polizeischutz natürlich, auftauchte oder sich telefonisch bei ihr meldete. Sie würde das Gebäude nicht verlassen, sondern eine Polizistin, die man darauf vorbereitet hatte, in die Haut von Eva zu schlüpfen. Sie hatte die gleiche Figur und Größe, man hatte ihr Klamotten von Eva gegeben, ihr eine Perücke verpasst, geschminkt und sie von einer Schauspielerin auf ihre Rolle vorbereiten lassen. Es durfte eigentlich nichts schief gehen. Man musste halt abwarten und darauf hoffen, dass Jörg einen Fehler beging und die Fahndung einen Zufallstreffer landete.

„Eva sah schlimm aus, wie ein Insekt, noch dürrer und zerbrechlicher als früher. Die Arme lagen wie die Beinchen einer Heuschrecke auf dem Bettlaken, schrecklich, dass eine Vergewaltigung so furchtbare Folgen hat, ich glaube nicht ...," Yvonne verstummte.

„Wenn die Polizei den Jörg schnappt, wird sie wieder auf die Beine kommen. Bald wird man ihr beibringen können, wer und welche Vorgeschichte dahintersteckt. Was sie die ganze Zeit so fertig gemacht hat, war ja auch die Ungewissheit. Sie spürte, sie wusste, dass da irgendetwas oberfaul war. Keiner der damals Beteiligten schien sich darum zu kümmern, wie die beiden Kinder mit dem Unglück zurechtkamen, man hat sie einfach sich selbst überlassen. Und beide haben gelitten und wussten nicht, woran sie litten."

Yvonne sah bedrückt aus, sie machte sich immer noch Vorwürfe wegen des gelöschten Gesprächs auf dem Anrufbeantworter. Dabei wäre es Karls Aufgabe gewesen, die Polizei davon in Kenntnis zu setzen, er war zu jenem Zeitpunkt der einzige gewesen, der die Verbindung zwischen Evas Karnevalsnummer und Cuttys Ermordung ahnte. Auf Karls Frage hin hatte Hahn ihn aber beruhigt, das wäre damals wohl noch zu wenig gewesen. Damals, dachte Karl, das ist nur ein paar Tage her und es kam ihm vor, als seien Jahre seither vergangen. Als blicke er in eine weit zurückliegende Zeit. Die jüngsten Ereignisse um Eva und Cutty machten die Vergangenheit, in der eben dieses sich noch nicht ereignet hatte, zu einer guten. Andererseits war es ja die Vergangenheit, die zu all dem Schrecklichen geführt hatte. Er musste an seine eigene Kindheit denken, an die fünfziger Jahre, an seine Jugend in den Sechzigern, an die Bücher, die er gelesen hatte.

„Merkwürdig, dass du die Metapher Insekt verwendest. Bei Arno Schmidt kommt das, glaube ich vor, ja, in ‚Seelandschaft mit Pocahontas'."

Und er nahm sich vor, das Buch noch einmal wenigstens zu überfliegen. Als er später das schmale Bändchen aufschlug, hatte er auf Anhieb eine passende Stelle gefunden: „Sie lief, schlenkrig verfolgt von ihren Kleidern, grillenschlank, meine braune Zikade. Kam in Gottesanbeterin-Stellung auf mich zu, legte mir die scharfen Vorderbeine über die Schultern, und versuchte lange, mich zu verzehren. Mit Händen; mit Zähnen.“

„Pocahontas? Das gibt es doch als Film von Walt Disney, den haben wir uns zusammen mit Anna, Ali und Susi angeschaut. Du hast ihnen doch genau die historischen Hintergründe erklärt, damit die Mädels nicht glaubten, das sei nur Hollywood.“

Er erinnerte sich. Der war gar nicht mal so schlecht gemacht, der Film damals. Pocahontas, die Häuptlingstochter, die sich in John Smith verliebt, ihm das Leben rettet. Ihr Vater will den Weißen Mann töten lassen und Pocahontas wirft sich dazwischen und bewahrt ihn vor dem sicheren Tod.

„Hör mal, Yvonne, ich hab ja nachher noch den Termin mit den Leuten von der Produktion, ich bin mir ziemlich sicher, dass mein Konzept für den Tatort akzeptiert wird. Das wäre doch ein Grund, zu feiern. Ich lade dich heute Abend zum Essen ein. Wenn die beiden Mädels Lust haben, können sie ja mitgehen, wenn nicht, machen wir beide uns einen schönen Abend.“

Sie lächelte nur. Karl packte seine Sachen zusammen, ging dann zu Yvonne, die schon an ihrem PC an einer Übersetzung arbeitete, küsste sie auf die Wange, setzte sich in sein Auto und fuhr davon. Yvonne schien bedrückt gewesen zu sein, sie hatte mitgenommen ausgesehen, fahrig, verhuscht, wie sie noch nie gewesen war. Dabei, dachte Karl, konnte es nur noch besser werden.

Dennoch wurde er das Gefühl nicht los, irgendetwas vergessen, etwas ganz Wichtiges außer Acht gelassen zu haben. Immer wenn er sich konzentrierte, kam ihm die blöde Bretterbude ins Gedächtnis und der alte Bauer, irgendetwas hatte er falsch gemacht. Alles andere war wie weg gewischt. Warum nicht der Bretterverschlag, an

dem der Regen herunterlief, sich in dem schmalen Graben, der zerfransten Furche unter den verfaulten Lattenenden sammelte und dem Gesetz allen Wassers folgte
und immer seinen Weg fand? Es erinnerte ihn an seine
Kindheit, seine Jugend. Seine Eltern hatten, damals am
Niederrhein, in ihrem Kleingarten, in dem sie Gemüse
zogen und Blumen, auch einen solchen Verschlag, in dem
das Gartenwerkzeug aufbewahrt wurde, in dem man sich
unterstellen konnte, wenn einen, besonders im Frühjahr
zur Pflanz- und Säzeit, mal ein Regenschauer überraschte. Ungehobelte Latten aus Fichtenholz, geschälte
Fichtenholzlatten, auf denen man die Bahnen der Käfer
und Würmer noch erkennen konnte, die unter der Rinde
ihr Leben gefristet hatten.

20

Ein merkwürdiges Gefühl war es schon, genau in der Kneipe zu sitzen, in der Cutty sich mit ihrem Mörder getroffen hatte, aber davon wusste der Chef der Produktionsfirma nichts, als er alle Teilnehmer des Meetings hierher eingeladen hatte, um wenn nicht zu feiern, so doch wenigstens auf die neue Tatort-Staffel anzustoßen. Man hatte Karls Konzept im wesentlichen zugestimmt, ihm dargelegt, wie viel an Ausländerfeindlichkeit verträglich war und vor allem, wie die neue Kommissarin beschaffen sein sollte, die Rolle war bereits besetzt, prominent besetzt und die Kollegin wusste, was sie wollte. Scheißkerle, dachte Karl grimmig, irgendwann werdet ihr das spielen, was ich schreibe, nicht umgekehrt! Ja, lachte sein alter ego, wenn du siebzig bist und dir alles scheißegal ist.

Sein Mobiltelefon klingelte, es war Yvonne: „Karl, Ali ist noch nicht nach Hause gekommen, vor zwei Stunden war ihre Schule aus, ich hab es auf ihrem Handy versucht, bei Chrissi angerufen. Nichts."

Karl verspürte einen Moment Panik, sein Herz fing wild an zu schlagen, sollte es das gewesen sein, was er außer Acht gelassen hatte?

„Yvonne, mach dir bitte keine Sorgen, sie wird schon irgendwo sein. Mein Gott, wie oft hat sie sich schon bei einer Freundin festgequasselt. Ist Susi Zuhause?"

„Ja, ja, sie sitzt ihn ihrem Zimmer, sie hat Ali heute Mittag noch in der Schule gesehen, und Chrissi sagte auch, dass Alice normal um halb vier nach der Schule mit ihrem Roller weg ist."

Karl verabschiedete sich in aller Eile und fuhr nach Hause, nahm dabei den Weg, den auch Ali gewöhnlich fuhr, seit sie ihren Roller hatte. Meistens benutzte sie eine Abkürzung von einem knappen Kilometer über einen Wirtschaftsweg, der auch durch ein kleines Wäldchen führte. Und da stand Alis Roller am Wegesrand. Keine Beulen, Schlüssel ordnungsgemäß abgezogen. Rings herum keine Bremsspuren, nichts, was auf einen Unfall oder einen Kampf hindeutete.

Karl rief Kommissar Hahn an: „Ich fürchte, meine Tochter Alice ist entführt worden."

Hahn versprach sofort mit der Spurensicherung dort zu sein. Karl musste aber auch Yvonne anrufen und wusste nicht, was er ihr sagen sollte. So meinte er nur, dass er leider noch einmal aufgehalten worden sei.

Zuhause angekommen, stürmte er zur Tür herein „und - ist sie da?"

„Nein, Karl, sie ist nicht da. Karl, wir müssen die Polizei anrufen. Ich ..."

„Ja, der Hahn kommt gleich her."

Yvonne warf ihm einen ebenso fragenden wie vorwurfsvoll verzweifelten Blick zu, als das Telefon klingelte.

„Hören Sie zu, Schmidt, ich rufe nur einmal an. Ich habe Ihre Tochter. Ihr wird nichts geschehen, ich will nur, dass sich Eva mit mir trifft. Sie soll morgen Mittag auf den Berg kommen, mit der Bergbahn nach Brauneck und zur Benediktinerwand, um zwölf Uhr, mit Ihnen zusammen, ich werde Ihnen keine weitere Instruktionen geben. Eva wird wissen, wohin sie zu gehen hat, ich will nur mit ihr reden, verstehen Sie? Ihrer Tochter wird nichts geschehen, sie schläft, Sie werden sie morgen wieder bei sich haben, gesund und unverletzt, das verspreche ich Ihnen. Die Polizei soll morgen früh die Bergbahn sperren und möglichst die Wanderwege zur Benediktinerwand abriegeln. Von Lenggries aus, von Kochel, Benediktbeuren und Jachenau aus. Das war's, Schmidt, tun Sie, was ich sage, tun Sie es für Ihre Tochter. Haben Sie mich verstanden, Schmidt? Morgen Mittag auf der Bergstation, Brauneck, Benediktinerwand mit Eva."

„Ja." Karl legte auf. Yvonne sah ihn an, wie sie ihn noch nie in ihrem Leben angesehen hatte. Sie war im Bruchteil einer Sekunde so blass geworden, wie es die beste Maske nur in Stunden schaffte, und fiel um. Karl rief Hahn auf seinem Mobiltelefon an, teilte ihm an aller Kürze mit, was Jörg verlangt hatte, um Eva zu einem Treffen zu zwingen, seine Frau sei ohnmächtig geworden, er müsse jetzt einen Arzt rufen. Yvonne hatte in letzter Zeit schon mal Probleme mit dem Kreislauf gehabt, wahrscheinlich die Wechseljahre, dachte Karl. Und dachte gleichzeitig, er sei verrückt geworden, weil er in diesem Moment so etwas denken konnte.

Es dauerte keine fünfzehn Minuten und das Haus war voll. Auch der Hausarzt war gekommen und hatte Yvonne eine Beruhigungsspritze verpasst, und sie zusammen mit Karl in ihr Bett gebracht hat; Susi setzte und legte sich dann später zu ihr. Das Telefongespräch hatte sich in Karls Gehörgang eingebrannt, er konnte das Gespräch wortwörtlich wiedergeben.

„Wir müssen Frau Kupper nicht fragen, wohin sie kommen soll, wohin er sie bestellt hat. Sie soll zu der Stelle kommen, an der seine Schwester umgekommen ist."

Kommissar Hahn teilte seine Leute ein, schickte die Kolleginnen und Kollegen an ihre Arbeit. Nur er selbst und Frau Dr. Huntz, Hitch und die Hündin, blieben da.

„Wie geht es Ihnen, Herr Schmidt?"

Karl setzte sich hin, betäubt von der Hektik all der Menschen in seinem Haus, betäubt von der plötzlichen Stille.

„Ich weiß es nicht, der Schock wirkt sich bei mir anders aus als bei meiner Frau.“

Und nach einer Pause, leise: „Wir hätten, Sie hätten das verhindern müssen.“

„Wie, Herr Schmidt, wie?“

„Was weiß ich. Er hat Eva beschattet, Sie hätten wissen müssen, dass er uns auch beobachtet hat, weil wir Eva so oft besucht haben.“

„Schmidt, wir hatten sichere Hinweise dafür, dass er abgetaucht ist und sich abgesetzt hat. Das Konto leer geräumt, die Wohnung aufgegeben, Handy tot. Wir mussten davon ausgehen, dass er erst eine Zeitlang abwarten würde.“

Kommissar Hahn und Frau Dr. Huntz erklärten sich bereit, die ganze Nacht da zu bleiben, wenn es Karl nicht störe. Nein, er habe nichts dagegen, Betten seien ja genug frei, setzte er sarkastisch nach, stand auf und lief unruhig hin und her.

„Ich zeige Ihnen gleich die Zimmer, wir haben ein Gästezimmer und die Zimmer von den Mädels sind heute Nacht alle leer. Alle.“ Rebecca in Genf, Anna in Würzburg, Susi in Yvonnes Bett und Ali ...

„Er wird sie vergewaltigen. Sie wissen, was das bedeutet, Sie haben es selbst gesagt, die Menschen sind fertig für den Rest ihres Lebens, Yvonne und ich werden fertig sein mit unserem Leben.“

„Er wird ihr nichts tun. Er will Eva“, beschwichtigte Hahn.

„Sie hat er auch vergewaltigt.“

„Das ist was anderes“, Frau Dr. Huntz übernahm nun das Gespräch. „Eva soll für die Schuld ihres Vaters büßen, so wie er für die Schuld seiner Mutter büßt, verstehen Sie, Ihre Tochter ist wie seine tote Schwester, er würde sie niemals anrühren.“

„Aber er hat doch auch Cutty vergewaltigt. Vergewaltigt und umgebracht.“

„Nein, Schmidt, das stimmt nicht. Es ist ziemlich sicher, dass Frau Katharina Süß den Geschlechtsverkehr gewollt hat, alles spricht dafür. Sie hatte Herrn Falterer aufgespürt, weil sie ihn wollte, sexuell wollte.“

„Und sie wollte natürlich auch auf dem Höhepunkt erwürgt werden.“

„Sie wissen, dass es so etwas gibt, aber in diesem Falle war es wohl eher nicht so. Und, Herr Schmidt, Sie wissen doch, dass er bei seiner Frau impotent war. Ich denke, dass er, so wie er gestrickt ist, gar nicht könnte bei Ihrer Tochter.“

„Das glauben Sie doch selber nicht, Frau Dr. Huntz. Was will er denn verdammt?!“

„Er will den Showdown am Berg.“

Da schaltete sich auch wieder Hahn ein: „Herr Schmidt, überlegen Sie doch einmal. Hat er verlangt, die Polizei außen vor zu lassen? Hat er einen Hubschrauber, ein Fluchtauto verlangt, Geld, freies Geleit? Nichts von alledem, nichts. Er will nicht abhauen, er will nichts von Ihrer Tochter.“

Und Frau Dr. Huntz pflichtete bei: „Er will Eva, er will, dass sie ihre Schuld anerkennt. Wahrscheinlich will er, dass sie mit ihm in den Tod springt.“

Und ich kann gleich hinterher springen, dachte Karl: worst case, der Super-GAU. Alice, seine Tochter in den Händen eines Vergewaltigers und Mörders. Karl wusste, dass er funktionieren würde. Er wollte am Berg sein, er wollte, er musste da sein, der Kerl wollte den Showdown, der Scheißkerl sollte ihn haben! Alles andere spielte jetzt keine Rolle mehr, er musste sich konzentrieren auf diesen einen Moment, von dem er wusste, dass es der wichtigste Moment in seinem Leben sein würde.

„Heute nacht können wir nicht mehr viel machen“, das war wieder Hahn: „Die Kolleginnen und Kollegen sorgen

dafür, dass ein paar Hundertschaften Bereitschaftspolizei morgen früh bereit stehen, das Rote Kreuz, Notärzte, die Bergwacht, alle Bergführer der Umgebung werden im Gelände bereit sein, Hubschrauber in Bereitschaft. Es wird alles vorbereitet sein morgen früh. Wir müssen nur die Nerven behalten, Herr Schmidt. Die Kollegin steht bereit, ihre Rolle als Eva Kupper zu spielen. Noch besteht auch die Möglichkeit, einen der Kollegen für Sie ...“
„Vergessen Sie es, da gehe ich selbst hin.“
„Okay, Sie werden morgen früh mit ihr noch ein wenig probieren, sie beide müssen sich auf einander verlassen können.“
Karl wünschte den beiden eine gute Nacht und setzte sich selbst auf sein Trimmrad. Beim Hinausgehen hörte er Hahn sagen, „ich bin froh, dass die Kollegin Klein dabei ist, ich mache mir Sorgen.“
„Ja, er reagiert sehr ungewöhnlich. Komischer Kerl ...“
„Gehen wir?“

21

Sie hatten versagt. Wozu waren Eltern da? Eltern waren
dazu da, ihre Kinder zu beschützen. Und sie beide hatten
versagt, sie hatten es nicht verhindern können.
Yvonne hätte ihn, Karl, normalerweise in der Luft zerrissen. Hätte sie nicht selbst einen Fehler begangen. Karl
hatte Fehler begangen, Hahn hatte Fehler begangen, aber
sie, Yvonne, hatte das Gespräch gelöscht, sie hatte die
Polizei belogen.
Karl hatte ein üppiges Frühstück für alle zubereitet, für
Yvonne, die wieder auf den Beinen war, Susanne, Frau
Dr. Huntz, die sich bemühte, ein Gespräch in Gang zu
bringen, den Kommissar und sich selbst.
Und dann füllte sich das Haus wieder, eine dumpfe Le-
bendigkeit zog ein, eine, wenn es so etwas gab, dachte
Karl, gedämpfte Hektik, sedierten Stress.
„Eva?"
„Ja, für heute Vormittag. Guten Morgen, mein Name ist
Klein, Hauptwachtmeisterin Klein."
Das war verblüffend, Jörg würde mit Sicherheit nichts
merken. Die Frau sah tatsächlich wie Eva aus. Nach dem
Frühstück übten sie ihre Rollen, wurden alle verkabelt,
hatten einen Stöpsel im Ohr und kleine Mikrophone auf

die Wange geklebt. Karl musste mit ihr durch die Nachbarschaft laufen, der Kontakt funktionierte.

Gegen halb zehn war es dann soweit, die Kolonne machte sich auf den Weg und erreichte die Talstation vor elf. Das Wetter war gut, es war mild und leicht bewölkt, sah vor allem stabil aus; man musste für die nächsten 24 Sunden nicht mit einem Umschwung rechnen.

Karl und Yvonne umarmten sich, dem Kommissar und Frau Dr. Huntz gab er die Hand und dann stiegen die Beamtin und er in die Gondel.

Drei Stunden hatte sich Karl in der Nacht auf seinem Trimmrad müde gemacht, anschließend eine Flasche Bier getrunken, geduscht und drei Stunden im Bett gelegen.

Unglaublich viele Filme waren in seinem Kopf abgelaufen, John Wayne, High Noon, Raymond Chandler. Er hatte sich mehr Versionen ausgedacht, als in einem Leben sich ereignen konnten. Er hatte sich auch die schlimmsten Versionen vorgestellt, Alice missbraucht, übelst zugerichtet, ermordet und den Berg hinunter gestürzt. Er hatte es sich vorgestellt in der Hoffnung, damit wäre der Spuk gebannt, und die Dinge müssten und könnten sich so nicht mehr ereignen. Er wusste, dass es keine zwölf Stunden mehr dauern würde, bis er Alice wieder in seinen Armen hielt, er versuchte alle seine positiven Energien, seine Wunschkraft, seinen Glauben zu mobilisieren. Auf dem Rad tankte er Kraft und Zuversicht, wenn er sich fit fühlte, war er allem gewachsen. Und er konzentrierte sich, baute einen Schutzschild des Gebetes um Alice herum auf, ihr durfte nichts geschehen!

Wenn dann alles vorbei war, würde Karl zu Fuß ins Tal gehen, Yvonne und Alice und alle anderen konnten die Gondel nehmen. Das Leben konnte weiter gehen. Im Tal, im Alltag. So stellte er sich den Schluss vor:

Unten würde wieder das Leben beginnen, das Leben, der Alltag, wie er in Büchern oder Filmen ja doch nie vorkam. Nun hatten sie auch einmal etwas erlebt, was Stoff hätte sein können, was aus dem Leben hervorstach, was ihm in ein paar Wochen und bereits seit ein paar Wochen, unglaublich fremd und abenteuerlich vorkam und -kommen wird. Er musste froh sein, dass sie alle mit heiler Haut davon gekommen waren – wenn sie mit heiler Haut davonkamen. Das wirkliche Leben, der Alltag war anders, so völlig anders, und ein wenig Wehmut würde bleiben. Der Rest des Lebens war eben keine Serie. Der Rest des Lebens war nicht noch ein Fall für Philip Marlowe, nicht noch ein Krimi für Raymond Chandler, nicht noch eine Folge für Karl Schmidt. Continuity gab es nur in der Kunst, wenn sie gut gemacht war, im Leben nicht. Was jetzt kam, war das Leben, war der Alltag, das Alter, das auf ihn wartete. So vieles war vorbei. Wenn man einmal etwas so Außergewöhnliches erlebt hatte, war es schwer, zum Alltag zurückzukehren, aber es musste klappen. Der Abstieg, der ein Abschied war, tat ihm gut.

Die Beamtin und Karl traten aus der Bergstation und sahen den Pfad vor sich, der sich zu Brauneck und Benediktinerwand hinaufschlängelte. Kein Mensch weit und breit und absolute Stille, die nur gelegentlich von schrägen Krähenschreien zerrissen wurde. Karl überzog eine Gänsehaut. Die Vögel.

Die Polizistin bekreuzigte sich und murmelte dabei leise „lieber Gott, ich bin Polizistin“, und sagte dann laut zu Karl: „Ab sofort rede nur noch ich, Herr Schmidt, okay, und ich führe die Regie!“

„Okay.“

Die Hauptwachmeisterin trug eine dunkelhaarige Perücke, die wie Evas Frisur aussah, aber darunter war Frau Klein naturblond.

„Wir gehen jetzt los,“ sagte sie leise in ihr Mikrophon und stapfte vorne weg. Sie sah wirklich wie Eva aus. Sie waren nur fünf Minuten gegangen, der Weg war steiler und schmaler geworden, zu einem Grat, der auf einer Seite fast senkrecht abfiel. Sie blieb stehen, legte eine

Hand schützend über die Augenbrauen, was auch Karl tat, und dann sahen sie zwei junge Mädchen auftauchen. Karls gesamter Körper überzog ein eisiger Schauer, die Haarwurzeln standen schmerzend in der elektrisierten Haut. Es war ihm, als sähe er zum ersten Male Normans Mutter in ihrem Mausoleum sitzen.

Neben ihm meldete sich Eva zu Wort: "Ich sehe zwei weibliche Personen. Ich weiß nicht, was das bedeutet. Wir gehen weiter." Und das taten sie, bis sie in Hörweite waren. Neben Alice war eine junge Frau zu erkennen und Karls Herz tat einen Sprung. Gleich, dachte er, gleich werde ich meine Tochter umarmen, gleich wird sie gerettet sein, gleich wird dieser Horrorfilm zu Ende sein. Alice wird neben ihm sitzen und ganz fachmännisch urteilen: „War doch gar nicht so schlecht, Paps, oder?"

„Halt!", rief die junge Frau neben Alice, und Karl wusste, dass das Jörg war. Jörg in der Verkleidung seiner toten Schwester. „Schmidt soll da bleiben, du gehst alleine weiter, Eva!"

„Ich gehe jetzt alleine auf die Zielperson zu."

Sie kletterte etwa zehn Meter weiter, rief dann zu Jörg: „Sandra? Lass das Mädchen gehen, ich komme."

Und tatsächlich, Ali erhob sich, er ließ sie gehen. Auch die Polizistin ging weiter. Nach ein paar Schritten trafen die Polizistin und Alice aufeinander, redeten kurz miteinander, dann bewegte sich jede in der entgegen gesetzten Richtung weiter.

„Ich bin nicht Sandra! Sandra ist tot! Dein Vater und meine Mutter haben sie umgebracht. Du und ich haben sie umgebracht, Eva! Stell dich nicht so an, springt doch endlich! Eva! Warum hast du das gesagt?! Eva?! Warum?! Eva, Sandra ..."

„Spring selbst, du Scheißkerl, du kaputtes Schwein, ich krieg dich!", brüllte Karl mit einer Donnerstimme, die durch die Berge dröhnte und nachhallte. Er rannte los, um das Schwein zu packen, und lief in die Arme seiner Tochter. Sie hielten sich fest umklammert.

„Papa."

„Ali. Ali, meine Alice, hat er dir was getan?"

„Nein, Papa. Er tut mir so leid, er ..."

Karl presste seine Tochter feste an sich und sah durch seine Tränen, dass die Polizistin bei Jörg angekommen war, ihn mehr umarmte als ihn festnahm. Eva und Sandra umarmten einander, als könnten sie den Sturz verhindern, als könnten sie das Verbrechen rückgängig machen. Aber in Wirklichkeit lag da ein maskierter Mörder, Entführer und Vergewaltiger in den Armen einer maskierten Polizistin und wurde von Weinkrämpfen geschüttelt.

„Komm, Ali, lass uns gehen, Yvonne wartet auf dich."

Sie drehten sich um, kletterten den Weg zurück, sahen bald in der Entfernung unten die Bergstation, die plötzlich zu leben anfing. Und er war glücklich, dass seine Tochter lebte, er war überglücklich, dass ihr nichts geschehen war. Ihr war es zudem erspart geblieben, miterleben zu müssen, wie Jörg gesprungen und zu Tode hätte stürzen können. Vielleicht konnte ja doch alles wieder gut werden. Er nahm sich vor, diesen Moment, dieses Gefühl nie zu vergessen, diesen Zustand einzufrieren, einzubrennen, in allen Aggregatzuständen zu konservieren.

Er befahl sich wahrzunehmen, was er hörte, was er sah. Er sah die Berge, den Abgrund, den Schwindel erregend schroffen Absturz ins Nichts, die Nadelkissen der grünen und herbstlichen Baumwipfel weit unten, den Himmel, den unendlich weiten und fernen, die Nähe und Wärme Alices brannte in seinem Arm, er roch sie, ihren nächtlichen Zeltgeruch, er sah, wie sie Yvonne sah und los rannte. „Mach langsam, Alice, sei vorsichtig, stürz nicht, bitte nicht", rief Karl ihr hinterher, sah seine Tochter auf die ausgebreiteten Arme seiner Frau zufliegen, erkannte, dass auch Frau Dr. Huntz und Hahn dazu kamen. Polizisten stürmten aus der Bergstation, Hubschrauber tauchten am Himmel auf und martialisch aussehende Spezialkräfte sprangen hinter Felsen hervor, die Krähen stoben in Schwärmen davon, eine Geräuschwand erhob sich, als machte sich ein ganzer Indianerstamm auf den Kriegspfad.

Der Ton wurde allmählich ausgeblendet, und dann war nichts mehr zu hören. Ein Prickeln perlte durch Karls Kopf, eine polare, eine absolut saubere, unbelastete Kühle strömte in seinen Körper ein, alles war gut und so leicht, er hatte das Gefühl frei zu sein, endlich frei zu sein, fliegen zu können, wunderbar sanft erhob sich seine Seele, alles um ihn herum flog in einem geräuschlosen Abspann an ihm vorbei, sein ganzes Leben, das Licht ging langsam aus und ihm wurde schwarz und blendend weiß vor Augen.

ENDE

TABU LITU
ein documentum fragmentum
in neun Büchern
Buch 1:
Gedichte
Buch 2:
Antikörper
(Krimierzählung)
Buch 3:
text & grafik
Buch 4:
Stories
Buch 5:
Die Grenze, der Strom und das Drama
(Roman)
Buch6:
Stellas Promotion
(Roman)
Buch 7:
Jäger und Gejagter:
Tode eines Doppelgängers
(Erzählung)
Buch 8:
sum mor tym
(Gedichte über's Jahr und eine Vorlesung)
Buch 9:
Die Rheinland-Papiere
oder Die Tricks der Bücher
(Roman)